अप्सरा का शाप

अप्सरा का शाप

यशपाल

विप्लव कार्यालय, लखनऊ
की ओर से

लोकभारती प्रकाशन

विप्लव कार्यालय, लखनऊ
की ओर से

लोकभारती प्रकाशन

पहली मंजिल, दरबारी बिल्डिंग, महात्मा गांधी मार्ग
प्रयागराज-211 001

वेबसाइट : www.lokbhartiprakashan.com
ईमेल : info@lokbhartiprakashan.com

शाखाएँ : 1-बी, नेताजी सुभाष मार्ग, दरियागंज
नई दिल्ली-110 002
अशोक राजपथ, साइंस कॉलेज के सामने
पटना-800 006
1, अनमोल सोराबजी संतुक लेन, धोबी तलाव,
मरीन लाइंस, मुम्बई-400 002

संस्करण : 2011
वर्तमान संस्करण : 2024

बी.के. ऑफसेट
नवीन शाहदरा, दिल्ली-110 032
द्वारा मुद्रित

APSARA KA SHAP
by Yashpal

ISBN : 978-81-8031-382-0

मूल्य : ₹ 495

समर्पण

पुरातन आख्यान को आधुनिक दृष्टि से प्रस्तुत करने का अभिप्राय है :—पुरुष द्वारा युग-युग से निरंकुश स्वार्थ के प्रमाद में, धर्म और व्यवस्था के नाम पर नारी के निर्दय-शोषण के प्रति ग्लानि

और

आधुनिक नारी के व्यक्तित्व तथा आत्म-निर्भरता की भावना के प्रति सहानुभूति व्यक्त की जा सके।

—**यशपाल**

निवेदन

शकुन्तला का आख्यान आधुनिक विचार और दृष्टिकोण से लिखने की प्रेरणा का कारण कालिदास से कलात्मक स्पर्धा नहीं अपितु आधुनिक समाज पर कालिदास की महान कृति 'अभिज्ञान-शाकुन्तलम्' के गहरे प्रभाव की स्वीकृति है। कालिदास अपनी कला से शकुन्तला के व्यक्तित्व और उसकी व्यथा को ऐसा मार्मिक रूप दे सके कि १५-१६ शताब्दियाँ बीत जाने पर भी पाठक शकुन्तला के प्रति सहानुभूति का उद्रेक अनुभव किये बिना नहीं रह सकता। आधुनिक व्यक्ति अपने युग की प्रकृति के अनुसार केवल सहानुभूति अनुभव करके ही संतुष्ट नहीं हो जाना चाहता। वह अपने मन में सहानुभूति का उद्रेक करने वाली घटना की परिस्थितियों, कारणों उनके औचित्य-अनोचित्य तथा ऐसी घटना की पुनरावृत्ति के निवारण की सम्भावना पर भी विचार करना चाहता है। वह शकुन्तला जैसी नारी के प्रति सहानुभूति से साथ, उसकी व्यथा के कारण पृष्ठभूति, मान्यताओं तथा व्यवहार के प्रति आक्रोश और विरोध भी प्रकट करना चाहता है।

'माया' में शकुन्तला के पुनराख्यान के क्रमशः प्रकाशित होने पर प्राचीन साहित्यिक मान्यताओं के अनुरागी कुछ साहित्यिकों ने आपत्ति की थी कि इस पुनराख्यान में कथा का नायक दुष्यंत, अभिज्ञान शाकुन्तलम् का धीरोदात्त नायक नहीं रहा। कालिदास के उदात्त नायक को व्यसनी और छली प्रस्तुत करना प्राचीन साहित्यिक परम्परा की अवमानना है।

'अभिज्ञान-शाकुन्तलम्' की रसात्मक सफलता और सामर्थ्य शकुन्तला की व्यथा को करुण-कथा में है और कालिदास की कथानक रचना की कलात्मक सफलता इस बात में है कि पाठक, शकुन्तला की व्यथा के प्रति आंसू बहाकर भी उसकी व्यथा के लिये उत्तरदायी व्यक्ति के प्रति आक्रोश का अधिकार नहीं पाता। कालिदास ने इस लक्ष्य के लिये अलौकिक शक्ति के प्रभाव की कल्पना का सहारा लिया। ऐसा करने की मजबूरी, कालिदास को अपने समय की साहित्यिक मान्यताओं के कारण थी। तथ्कालीन साहित्यिक मान्यताओं के अनुसार कथा अथवा नाटक के नायक का देवता, राजा अथवा आदर्श पुरुष होना आवश्यक था। आधुनिक लेखक ऐसे साहित्यिक नियमों से मुक्ति पा चुका है। निश्चय ही वह शकुन्तला के संकट के लिये उत्तरदायी कारणों और व्यक्ति के प्रति आक्रोश प्रकट करेगा। आज का पाठक शकुन्तला के समान पति-परायण नारी के संकट का कारण अलौकिक शक्तियों की लीला अथवा नारी का भाग्य मानने के लिये तैयार न होगा।

पातिव्रत धर्म का आदर्श आज भी हमारे समाज में मौजूद है। इस व्रत और धर्म के प्रति निष्ठा से आज भी नारी के पीड़न और दमन की कल्पना सम्भव है। प्रश्न हो सकता है–क्या इस युग में पातिव्रत के नाम पर शकुन्तला की भाँति नारी का दमन के लिए

उत्तरदायी व्यक्ति को, अलौकिक शक्तियों की लीला के विश्वास से धीरोदात्त तथा निर्दोष माना जा सकेगा।

आज के साहित्यिक मानों के अनुसार कथा-प्रबन्ध तथा रसोद्रेक के लिए अलौकिक शक्तियों के प्रभाव का प्रयोग असम्भव तथा रचना की निर्बलता माना जायेगा। ऐसी अवस्था में शकुन्तला की कहानी को आधुनिक पाठकों के विश्वास के योग्य भी बनाने के लिए अलौकिक शक्तियों के प्रभाव के स्थान पर कुछ संभाव्य कल्पनाओं का उपयोग अधिक संगत माना जायेगा। शकुन्तला की कहानी आधुनिक पाठकों के सामने रखते समय उस पर हुए अन्याय का उत्तरदायित्व, उसके संकट के कारण मान्यता तथा व्यक्ति पर ही डालना पड़ेगा। आज का पाठक दुष्यंत के समान व्यवहार करने वाले नायक को धीरोदात्त नहीं मानना चाहेगा। कालिदास पतिव्रता शकुन्तला के प्रति चरम सहानुभूति उत्पन्न करके भी यह नहीं कहना चाहते थे कि उसके प्रति अन्याय हुआ। आज के लेखक का दृष्टिकोण इसके विपरीत है। इस दृष्टि से 'अप्सरा का शाप' के कथानक में दुष्यंत के प्रति अन्याय नहीं केवल शकुन्तला के प्रति न्याय का प्रयत्न है। यह प्रयत्न दुष्यंन्त की लांछित करने का नहीं, अपनी परिणीता पत्नी की उपेक्षा करने वाले समर्थ सम्पन्न व्यक्ति के विचारों, भावनाओं तथा व्यवहार की ही कल्पना है।

'अप्सरा का शाप' कहानी का मेरुदण्ड–दुष्यंत का शकुन्तला से प्रणय सम्बन्ध को भूल जाना है। यह कल्पना कालिदास की मौलिक सुझ नहीं थी। दुष्यंत के व्यवहार का प्रसंग महाभारत में भी है। महाभारत में दुष्यंत के व्यवहार के परिमार्जन के लिए दुर्वासा के शाप का सहारा नहीं लिया गया है। महाभारत की कथा के अनुसार दुष्यन्त ने शकुन्तला को पहचान कर भी न पहचानने का नाट्य कर, वन-प्रवास में उसके गर्भ से उत्पन्न अपने पुत्र को अंगीकार नहीं किया था। दुष्यंत के इस व्यवहार का कारण था कि वह शकुन्तला से अपने सम्बन्ध की साक्षी के लिए, आकाशवाणी द्वारा देवताओं का समर्थन कहता था। आकाशवाणी हो जाने पर उसने शकुन्तला और उसके पुत्र को अंगीकार कर लिया था।

शकुन्तला की कथा पातिव्रत धर्म में निष्ठा की पौराणिक कथा है। महाभारत के प्रणेता तथा कालिदास ने उस कथा का उपयोग अपने-अपने समय की भावनाओं, मान्यताओं तथा प्रयोजनों के अनुसार किया है। उन्हीं के अनुकरण में रुअप्सरा का शाप' के लेखक ने भी अपने युग की भावना तथा दृष्टि के अनुसार शकुन्तला के अनुभवों की कल्पना की है।

—यशपाल

१९६५

अप्सरा का शाप

इस देश को भारत नाम महाराज भरत के प्रताप से मिला है। प्रतापी भरत की माता सती शकुन्तला महाराज दुष्यंत की रानी थी। शकुन्तला राजर्षि विश्वामित्र और अप्सरा मेनका की सन्तान थी।

भरत की माता शकुन्तला के जन्म तथा जीवन के प्रसंग पुराणों, महाभारत तथा प्राचीन काव्यों में यत्र-तत्र मिलते हैं परन्तु ये वर्णन स्फुट हैं। शकुन्तला के जीवन-वृत्तान्त के अनेक व्यौरे ऐसे थे जिनका महत्व सम्भवतः तत्कालीन समाज की दृष्टि में विशेष नहीं था। अतः उस समय के इतिहासकारों और कवियों ने भी उन घटनाओं का वर्णन नहीं किया है। आधुनिक समाज की परिस्थितियों, समस्याओं और चिन्तन की दृष्टि से शकुन्तला के जीवन के, तत्कालीन लेखकों द्वारा उपेक्षित अनुभवों पर भी विचार करना उपयोगी होगा।

× × ×

पौराणिक वर्णन के अनुसार शकुन्तला की माता मेनका इस लोक की नारी नहीं, देवलोक की अप्सरा थी। एक समय देवताओं पर विकट संकट आ गया था। उस संकट का उपाय करने के लिये देवराज इन्द्र ने मेनका को कुछ समय के लिये नारी शरीर धारण कर मर्त्यलोक में रहने का आदेश दिया था। उस प्रसंग का उल्लेख इस प्रकार है :–

महर्षि विश्वामित्र ब्रह्मर्षि पद प्राप्त करना चाहते थे। विश्वामित्र ने ब्रह्मत्व के अधिकार और पद पाने के लिये घोर तप किया। ब्राह्मणों और देवताओं ने विश्वामित्र के तप की श्लाघा से उन्हें महर्षि से ऊँचा, राजर्षि पद देना स्वीकार कर लिया परन्तु विश्वामित्र के क्षत्रिय कुलोद्भव होने के कारण देवताओं और ब्राह्मणों ने उन्हें समाज के विधायक ब्रह्मर्षि का पद देना स्वीकार न किया।

विश्वामित्र देवताओं और ब्राह्मणों की व्यवस्था और शासन में ब्राह्मणों के प्रति पक्षपात देखकर देवताओं की सृष्टि और ब्राह्मणों की व्यवस्था से असंतुष्ट हो गये। उन्होंने ब्रह्मर्षि पद प्राप्त करने की प्रतिज्ञा पूरी करने के लिये देवताओं और ब्राह्मणों द्वारा नियंत्रित तथा शासित सृष्टि और व्यवस्था की प्रतिद्वन्द्विता में नयी सृष्टि तथा नयी व्यवस्था की रचना का निश्चय कर लिया। देवताओं और ब्राह्मणों ने सृष्टि की व्यवस्था पर अपने अधिकार के प्रति विश्वामित्र की इस चुनौती को क्षुद्र मानव का क्षुब्ध अहंकार ही समझा परन्तु विश्वामित्र दृढ़ निश्चय से नयी सृष्टि की व्यवस्था की रचना के लिये तप में लग गये।

कुछ समय पश्चात् देवलोक में नारद मुनि तथा अग्नि, वरुण, पवन आदि देवों के गणों द्वारा, विश्वामित्र के नवीन सृष्टि रचना के तप की सफलता के समाचार पहुँचने

लगे। देवराज इन्द्र ने सुना–विश्वामित्र ने विरंचि द्वारा विरचित सृष्टि से भिन्न नये वनस्पति और जीवों के निर्माण में सफलता प्राप्त कर ली है। विश्वामित्र ने मरुस्थल में भी पनप सकने वाले वनस्पति नागफनी, मदार, एरण्ड आदि वृक्षों की जामुन, कटहल, नारियल, गेहूँ आदि फलों तथा धान्यों की रचना कर ली है। देवताओं और ब्राह्मणों को प्यारी दुग्धामृत देने वाली गाय की अपेक्षा अधिक दूध देने वाले भैंस नाम के जीव तथा देवों के प्रिय वाहन अश्व से भी अधिक समर्थ उष्ट्र की सृष्टि कर ली है। इन समाचारों से देवराज इन्द्र ने आशंका अनुभव की–क्षुद्र जान पड़ने वाला, मर्त्यलोक का मानव यदि दृढ़ निश्चय से प्रयत्न में कटिबद्ध हो जाय तो वह विरंचि की सृष्टि की व्यवस्था में भी हस्तक्षेप कर सकता है, वह दैवी विधान को भी हिला दे सकता है, उसके लिये सभी कुछ संभव है। देवराज इन्द्र देवों की सत्ता के प्रति मानव की स्पर्धा से अति आशंकित हो उठे। उन्होंने महर्षि विश्वामित्र के, नयी सृष्टि-रचना के लिये प्रयत्न के तप को येन-केन प्रकारेण स्खलित कर देने का दृढ़ निश्चय कर लिया।

देवराज इन्द्र जानते थे कि परंतप महर्षि विश्वामित्र का निश्चय भंग कर देना अत्यन्त कठिन था। वे जानते थे, किसी भी शक्ति का भय अथवा सम्पदा का प्रलोभन विश्वामित्र को अपने निश्चय से डिगा नहीं सकता था। इन्द्र ने विश्वामित्र का तप स्खलित करने के लिये, स्वयं उनकी ही शक्ति–विश्वामित्र के मानव शरीर की कार्य-कारण भूत प्राणशक्ति, सृजन-शक्ति–का ही उपयोग करने का निश्चय किया। देवराज ने विश्वामित्र के अस्तित्व अथवा शरीर में व्याप्त सृजन-शक्ति को वश में कर, उन्हें तप के लक्ष्य से विमुख करने का उत्तरदायित्व देवलोक की प्रमुख अप्सरा मेनका को सौंपा।

अप्सरा मेनका देवराज इन्द्र के आदेश से महर्षि विश्वामित्र का तप भंग करने के लिये मर्त्यलोक में आयी। महर्षि को वश में करने के लिए मेनका ने इन्द्र के परामर्श से उस कामशक्ति का प्रयोग किया जो शरीर मात्र के उद्‌भव और क्रम का निमित्त होती है और प्राण तथा जीवन के गुण के रूप में जीव मात्र में समाहित रहती है। मेनका ने विश्वामित्र के शरीर में व्याप्त उस शक्ति का उद्‌बोधन करने के लिये अप्सरा के गुण-स्वभाव त्याग कर नारी प्रकृति ग्रहण कर ली और महर्षि विश्वामित्र के सामीप्य में प्रत्यक्ष हो गयी। विश्वामित्र का ध्यान आकर्षित करने के लिये मेनका को सूक्ष्म भाव-भंगिमा तथा संकेतों द्वारा अनेक प्रयत्न करने पड़े। वह अवसर पाकर महर्षि की दृष्टि में पड़ जाती और उनकी दृष्टि से संकोच प्रकट कर छिप जाने का यत्न करती। वह सयत्न असावधानी से अपने कमनीय शरीर पर से वायु द्वारा सहसा वस्त्र उड़ जाने देती और फिर महर्षि की दृष्टि के भय और लाज से कच्छप के समान अपने में ही सिमट जाती।

प्रज्वलित अग्नि का सामीप्य अन्य पदार्थों में समाहित सुषुप्त अग्नि का उद्‌बोधन किये बिना नहीं रहता। महर्षि विश्वामित्र का शरीर कठिन तप से शुष्क काष्ठवत् हो गया था, परन्तु कामाग्नि की प्रतीक मेनका के सामीप्य और संगति से महर्षि के शरीर में कामशक्ति के स्फुलिंग स्फुरित होने लगे। उनका शरीर जीवन की उमंग से सिहरन और स्पन्दन अनुभव करने लगा। महर्षि की तप में लगी हुई प्राणशक्ति मेनका के लावण्यमय शरीर के अवलम्ब से सार्थक होने के लिये व्याकुल हो गयी। महर्षि के चित्त में मेनका की संगति को अधिकाधिक चरितार्थ करने के अतिरिक्त अन्य विचार का अवकाश न रहा। काम की एकाग्रता में विश्वामित्र को देवत्व तथा ब्रह्मत्व की स्पर्धा और प्रतिद्वन्द्वी सृष्टि की

रचना का ध्यान न रहा। विश्वामित्र, नारी रूप मेनका के समर्पण के परिरम्भ में विवश हो गये।

मेनका विश्वामित्र का ध्यान नवसृष्टि रचना से स्खलित करने में सफल हो गयी परन्तु विश्वामित्र तप पुनः आरम्भ न कर दें, इस चिन्ता में वह कितने समय तक मर्त्यलोक में बनी रहती! मेनका को मर्त्यलोक में देवलोक के कर्म तथा फल से उन्मुक्त, अबाध सुख का संतोष प्राप्त न था। उसे देवलोक में अपनी स्थिति तथा अधिकार की भी चिन्ता थी। उसकी प्रतिद्वन्द्विनी अप्सरायें उर्वशी, रम्भा आदि देवलोक में उसकी अनुपस्थिति से लाभ उठा सकती थीं।

अप्सरा मेनका ने मर्त्यलोक में जीवन के धर्म और नियम जान लिये थे :–जीव अपने शरीरों की प्रकृति और गुण से काम-प्रवृत्ति का धर्म पूरा करते हैं। जीव इसी धर्म की पूर्ति अथवा कर्म के फलस्वरूप सन्तान प्राप्त करते हैं और वे सन्तान के पालन-रक्षा आदि के धर्म अथवा कर्म में बंध जाते हैं। यही मर्त्यलोक में जीवन का धर्म अथवा लोकधर्म है। इस लोकधर्म की परम्परा से ही सृष्टि की व्यवस्था का चक्र चलता रहता है। जीवों में प्याप्त काम प्रवृत्ति अथवा सृजनधर्म की परम्परा ही सृष्टि के अनन्त चक्र की गति का कारण है। मेनका ने निश्चय किया, देवराज द्वारा निर्दिष्ट उत्तरदायित्व पूर्ण करने के लिए विश्वामित्र को लोकधर्म की परम्परा में बाँध देना आवश्यक होगा। मेनका ने विश्वामित्र को अपनी संगति से दिये आनन्द और सन्तोष का मूर्त्त, एक शिशु-कन्या उनके लिए प्रसव कर दी।

महर्षि विश्वामित्र रूप-लावण्य की पुंज मेनका में अपने परिणय के परिपाक का प्रतीक शिशु पाकर गद्‌गद हो गये। मेनका की गोद में वह नवजात कन्या केवल सजीव मांसपिण्ड के समान थी। उसके शरीर के अंग और नखशिख नारी शरीर की आकृति के संकेत मात्र ही थे। शिशु में आकृति की पूर्णता का कोई सौष्ठव नहीं होता। कच्ची कोमलता और अपूर्णता ही उस शिशु का भी सौंदर्य था। पिलपिले से सिर पर काले कोमल रोयें केशों के संकेत में, छोटे-छोटे नीले वन्य पुष्पों की भाँति दो नेत्र, नासा का छोटा-सा छिद्र मात्र और दंतहीन, प्रायः खुला रहने वाला मुख, मांस में कटे ताजे घाव सा लाल। कन्या-शिशु अपने छोटे-छोटे, नितान्त अक्षम पंगु हाथ-पांव केवल निरुद्देश्य हिला-डुला सकती थी। वह अपनी इच्छा और प्रयोजन को केवल किलक और क्रन्दन द्वारा ही प्रकट कर सकती थी परन्तु महर्षि इस सौन्दर्य को निहार-निहार कर विभोर होते रहते। शिशु के किलकने और रोने में भी महर्षि को रोमहर्षक संगीत की झंकार की अनुभूति होती। वे उस नारी शरीर के अंकुर को स्नेह से निहारते और संतोष के लिए पुचकारते रहते। शिशु का हंसना देखने और उसकी किलक सुन पाने के लिए उसे दोनों हाथों से उछालने लगते। उसे पुलकाने और किलकाने के लिए अपने घने श्मश्रु से घिरे ओठों को गोल बनाकर शिशु स्वर के अनुकरण में "ऊ, ई" शब्द करने लगते। मेनका उनके सामने बैठी सन्तोष से मुस्कराती रहती और शिशु के क्षुधा से ठुनकने पर उसे अपनी गोद में ले लेती।

महर्षि के सम्मुख समीप बैठी मेनका वक्ष से कंचुकी हटाकर गौर, सुगोल, उन्नत स्तन का श्याम ऊर्ध्व चंचु शिशु के मुख में दे देती। शिशु, सेवती की फैली हुई पंखुड़ियों के समान अपने नन्हें-नन्हें हाथ आश्रय के लिए माता के गौर वक्ष और स्तन पर रख, स्तनाग्र

को अपने दंतहीन मुख में ले हुमक-हुमक कर घूँट भरने लगती तो महर्षि एकटक उसे देखते रहते। मेनका महर्षि के संतोष की श्लाघा में मुस्कराकर उनकी ओर देख लेती। मेनका की उस मुस्कान और उसकी आंखों की ज्योति से महर्षि ऐसे परमानन्द में तन्मय हो जाते जो उन्होंने तप करते समय अपने शरीर को विस्मृत कर ब्रह्मानन्द की प्राप्ति में भी अनुभव न किया था।

महर्षि और मेनका अपने आहार के लिए वन्य-प्रदेश में प्राप्य पदार्थों का उत्साह से संग्रह करते। वे इस तत्परता में नयी सृष्टि के लिए वनस्पति और जीवों का निर्माण करने की सफलता से भी अधिक उत्साह और सन्तोष अनुभव करते। वे ब्रह्मा की सृष्टि की प्रतिद्वन्द्विता में नव-सृष्टि निर्माण की प्रतिज्ञा भूल गये थे।

मेनका महर्षि को सन्तुष्ट देखकर अनुभव कर रही थी कि देवराज इन्द्र द्वारा उसे निर्दिष्ट कार्य पूर्णतः सम्पन्न हो गया है। वह मानव के असामर्थ्य से सीमित, सुख-दुख संकुल संसार में क्यों बंधी रहे। उसके लिए देवलोक लौट जाने का अवसर आ गया था परन्तु मर्त्यलोक में निवास करके तथा जीवों के समान अपने शरीर से सन्तान प्रसव करके इस लोक के शरीरियों की भाँति वह सन्तान का मोह भी अनुभव करने लगी थी। उसे आशंका थी कि देवलोक लौट जाने पर भी वह मर्त्यलोक के गुण-स्वभाव–सन्तान के मोह का परिचय पाकर उस आकर्षण को सदा अनुभव करती रहेगी।

एक प्रातः सूर्योदय के कुछ समय पश्चात् मेनका महर्षि के समीप बैठी शिशु-कन्या को दिवस का प्रथम दुग्धपान करा रही थी। कन्या ने सन्तुष्ट होकर माता के स्तन से मुख फेर लिया और समीप बैठे पिता की ओर देखा। माता के दूध की बूंद शिशु के ओठ से चिबुक पर ढरक आयी थी। पिता को स्नेह के आह्वान में दोनों हाथ बढ़ाये देख कर शिशु क्रीड़ा के लिए किलक उठी। विश्वामित्र ने शिशु को अपने हाथों में ले लिया और उसे हंसाने-किलकाने के लिए अपनी नासा उसके शरीर पर छुला-छुला कर उसे गुदगुदाने लगे। जिस समय विश्वामित्र शिशु से क्रीड़ा में आत्मविस्मृत थे मेनका उठ कर कुटिया से बाहर चली गयी और फिर नहीं लौटी।

× × ×

महर्षि विश्वामित्र का–प्रतिद्वन्द्वी सृष्टि निर्माण का–तप भंग करने में सफल होकर मेनका देवलोक लौटीतो वहां उसकी कामोद्दीपक शक्ति और कलात्मक सामर्थ्य की भूरि-भूरि प्रशंसा हुई और देवसभा में उसका आदर बहुत बढ़ गया। मेनका के मर्त्यलोक प्रवास के समय देवसभा में सभी कलात्मक कार्यों के अनुष्ठान के अवसर, उर्वशी तथा उसकी अनुवर्ती अप्सराओं और गन्धर्वों को ही मिलते थे। परिणाम में उर्वशी के दल की कलात्मक क्षमता और प्रभाव भी बहुत बढ़ गये थे। मेनका की अनुपस्थिति में उसकी अनुवर्ती अप्सराओं और गन्धर्वों के दल में अनुशासन की शिथिलता आ गयी थी। प्रमाद और अनभ्यास के कारण उसके दल की अप्सराओं और गन्धर्वों की कला प्रवीणता का ह्रास हो गया था। देवलोक में लौटकर मेनका को अपने दल की क्षमता और प्रभाव की पुनर्स्थापना के लिए बहुत यत्न करना पड़ा। उस चिन्ता में भी मेनका का मन कभी-कभी अपनी मानवी संतान की स्मृति से भटक जाता।

मेनका ने देवलोक लौटकर अप्सरा के गुण तथा स्वभाव पुनः पा लिये थे। वह मर्त्यलोक की प्रवृत्तियों से विमुक्त हो गयी थी परन्तु इस लोक में रहने का कुछ न कुछ

प्रभाव शेष था ही। वह अपनी मानवी सन्तान का मोह विस्मृत न कर सकी। उसके मन में अपनी कन्या की चिन्ता सिर उठा लेती परन्तु अपनी सन्तान के समाचारों के लिए मर्त्यलोक की ओर ध्यान देने का अवसर और सुविधा उसे कहां थी। उसने भी इस लोक में अपनी सन्तान की अवस्था तथा गतिविधि की ओर ध्यान रखने का कार्य अपनी अनुवर्ती अप्सरा सानुमती को सौंप दिया था।

× × ×

सानुमती ने मेनका को समाचार दिया :–

कुटिया से मेनका के लोप हो जाने पर जब तक शिशु कन्या महर्षि विश्वामित्र की गोद में किलकती-हुमकती रही, वे शिशु में मग्न रह कर सब कुछ भूले रहे। मेनका के जाने के पश्चात् दो घड़ी में ही शिशु असुविधा और आवश्यकता से ठुनकने लगी और पिता के स्नेह से पुचकारने और बहलाने पर भी क्रन्दन से असुविधा प्रकट करती रही। महर्षि नितान्त असहाय शिशु को सम्भाल सकने में अपनी अक्षमता अनुभव करने लगे। शिशु की माता के लौटने में विलम्ब से वे खिन्न होने लगे। अन्ततः अधीर हो गये। दिन का तीसरा पहर बीतते-बीतते महर्षि ने समझ पाया–नवजात, नितान्त असमर्थ, असहाय शिशु को सम्भाल सकना नवीन सृष्टि की रचना से भी अधिक कठिन था। कन्या का रोना ही समाप्त न होता था और महर्षि उसे सन्तुष्ट और प्रसन्न न कर सकते थे। उनका यह असामर्थ्य असीम क्षोभपूर्ण वेदना बन रहा था। इस संकट से महर्षि के ज्ञान-चक्षु खुल गये, समझ गये–वे मेह जाल में फंस कर लक्ष्य-भ्रष्ट हो गये थे। उन्होंने विचार किया–मैं देवत्व और ब्राह्मत्व की प्राप्ति की प्रतिज्ञा से भ्रष्ट होकर मोह आविष्ट हो रहा हूँ। सहसा उन्हें भास हो गया, यह तो उनका तप भ्रष्ट करने के लिए देवताओं का छल था।

विश्वामित्र ने निश्चय किया–मैं छला गया हूँ परन्तु छल को जान गया हूँ। छल के जाल में बंधा नहीं रहूँगा। क्या मेरे ज्ञान के सामर्थ्य तथा तप की शक्ति का प्रयोजन अंडे से तुरन्त निकले पक्षी-शावक के समान असहाय, क्षुद्र मानव जीव का वहन तथा पालन करना ही है? इस उत्तरदायित्व को वही सम्भाले जिसने मुझे झेलने के लिये इसे अपने गर्भ से जन्म दिया है। महर्षि क्षुधा की असुविधा से क्रन्दन करती हुई शिशु-कन्या को गोद में लिये, क्षोभ में अपने तपोभंग के लिए पश्चाताप करते रहे। एक पहर रात्रि बीतने पर उन्होंने निश्चय कर लिया, वे मोहजाल के बन्धन से मुक्त हो जायेंगे।

महर्षि क्षुधा और असुविधा से निरन्तर रोती शिशु कन्या को गोद में लिये धैर्य से शिशु के सो जाने की प्रतीक्षा कर रहे थे। शिशु रो-रो कर क्लान्त हो गयी और क्लान्ति से सो गयी। महर्षि ने कुटिया की अलगनी पर से मेनका का छोड़ा हुआ शाटक वस्त्र उतार लिया। सुषुप्त शिशु को शाटक-वस्त्र में लपेट लिया। शाटक में लिपटे शिशु को सावधानी से उठाकर वे अपनी कुटिया से बहुत दूर, ऋषि कण्व के आश्रम की दिशा में चल दिये। नवजात शिशु के उत्तरदायित्व से मुक्ति की चिंता में महर्षि को सूझ गया–ऋषि कण्व और गौतमी ज्ञानार्जन के लिए गृहस्थ त्याग, तपोवन का जीवन अपना कर भी करुणा के मोह जाल से मुक्त नहीं हो पाये हैं। वे असहाय, असमर्थ, त्यक्त शिशु की अवहेलना नहीं कर सकेंगे।

× × ×

तपोधन महर्षि कण्व का आश्रम मालिनी नदी तटवर्ती तपोवन में था। उनकी वृद्धा भगिनी गौतमी भी वानप्रस्थ के नियमों के अनुसार उसी आश्रम में रहती थीं। दूर-दूर तक कण्व और गौतमी की करुण और वत्सल प्रकृति की ख्याति थी।

समीपवर्ती नगरों से आखेट के लिये आने वाले आखेटक भी मालिनी तट के वनों में ऋषि कण्व की भावना के आदर से आश्रम के समीप मृगया न करते थे। आखेटकों से भयभीत मृग और पक्षी प्रायः ही ऋषि-आश्रम के समीप शरण पाते थे। वहाँ वे करुणामयी गौतमी तथा अन्य आश्रमवासियों के हाथों से यज्ञ का शेष हविष, चरु और उनका स्नेह-स्पर्श भी पाते थे। अनेक कुरंग आश्रम में हिलकर आश्रम के पोष्य बन जाते थे।

महर्षि कण्व तप और ध्यान से अवशेष समय का उपयोग विद्यादान द्वारा करते थे। अनेक सद्गृहस्थ तथा ऋषि अपनी सन्तानों को विद्याध्ययन के लिये उनके आश्रम में भेज देते थे। कण्व और गौतमी इन बालक-बालिकाओं से माता-पिता की करुणा और वात्सल्य का ही व्यवहार करते थे।

सानुमती ने मेनका को गद्गद स्वर में रहस्य बताया :–

देवि, आह! तुम्हारी मानवी सन्तान कितनी सुन्दर है! मर्त्यलोक के नर-नारी उसके शिशु-लावण्य से चमत्कृत होकर अवाक रह जाते हैं। सच मानो, नारी-शरीर में अप्सरा का अंकुर! कठोर हृदय, निर्मोही विश्वामित्र ब्रह्मत्व के तो लोभी हैं परन्तु हैं अकर्मण्य! वे निरीह शिशु को कुटिया में शेष रह गये तुम्हारे शाटक में लपेट कर, ऋषि कण्व के आश्रम से मालिनी तट की ओर जाने वाले मार्ग पर एक वृक्ष के नीचे रख कर हिमालय की ओर चले गये। शिशु की निद्रा वस्त्र के नीचे शुष्क काष्ठ के कठोर स्पर्श से भंग हो गयी। वह क्षुधा और तृषा से मुख खोलकर क्रन्दन करने लगी। तुम्हारे अंश के क्रन्दन का स्वर भी इतना मधुर है कि समीप के वृक्षों पर बैठे पक्षी उसकी ओर आकृष्ट होकर शिशु के लावण्य से मोहित हो गये। शिशु का मुख तृषा और क्षुधा से खुला देख कर पक्षी करुणा विगलित हो गये और समीपवर्ती वृक्षों से पके फलों का रस अपने चंचुओं में भर-भर कर शिशु के मुख में देने लगे।

ऋषि कण्व प्रातः स्नान के लिये मालिनी तट की ओर जा रहे थे। दयालु ऋषि ने अपने आश्रम से कुछ ही अन्तर पर एक वृक्ष के नीचे शकुन्तों से घिरी हुई तुम्हारी शिशु-कन्या को देखा। वे शकुन्तों के अद्भुत व्यवहार तथा शिशु के दिव्य रूप, दोनों से ही चकित हो ठिठक गये। उनका वत्सल हृदय उमड़ आया। ऋषि ने पृथ्वी पर पड़ी असहाय कन्या को उठाकर हृदय से लगा लिया और कन्या को लेकर आश्रम की ओर लौट पड़े। उन्होंने शिशु को भगिनी गौतमी की गोद में देकर करुणा विह्वल स्वर से पक्षियों के अद्भुत व्यवहार का वृत्तान्त सुनाया।

गौतमी ने लावण्यमय शिशु को ममता से वक्ष पर चिपका लिया। वह सहज नेत्रों और विह्वल कण्ठ से बोली–"ब्रह्मा और देवताओं ने यह दिव्य-रूपी शिशु शकुन्तों द्वारा मेरी गोने में भेजी है। इसे मैं 'शकुन्तला' पुकारूँगी।"

मेनका ने सानुमती के संवाद से सन्तोष अनुभव किया–उसकी मानवी सन्तान ने देवताओं, राजाओं तथा ऋषियों से आदर प्राप्त करुणासागर, ज्ञानधन, तपस्वी कण्व और उनकी वत्सल्य भगिनी गौतमी का आश्रय पा लिया था।

देवलोक में समाचार पहुँचा कि अप्सरा मेनका के प्रत्यागमन के पश्चात् राजर्षि विश्वामित्र ने मेनका द्वारा उन पर डाले हुए मोहपाश को भंग कर दिया था। विश्वामित्र पुनः प्रतिद्वन्द्वी सृष्टि की रचना के प्रयोजन से तप करने के लिये हिमाद्रि की ओर चले गये थे। इस समाचार से देवराज को कोई आशंका नहीं हुई। वे जानते थे, विश्वामित्र तप-स्खलन का लोक-अपवाद पा चुके थे। मानव समाज में पूर्ववत् प्रभावशाली और सफल नहीं हो सकेंगे।

× × ×

मेनका की मानवी सन्तान शकुन्तला की अवस्था और गतिविधि का ध्यान रखने के लिये अप्सरा सानुमती मर्त्य लोक की ओर दृष्टि लगाये रहती थी। कण्व और गौतमी के वात्सल्य और करुणा से पोषित शकुन्तला ने अपना शैशव आश्रम-वाटिका, पुष्पित लता कुंजों तथा आश्रम में हिले हुए कपोतों, शशक और कुरंग शावकों से क्रीड़ा में बिता दिया। क्रीड़ा का वय समाप्त कर शकुन्तला ने मुग्धावस्था प्राप्त की। तदन्तर उसने यौवन की ड्योढ़ी में प्रवेश किया। शकुन्तला अठारह वर्ष की स्फुटित-यौवन तन्वंगी बन गयी।

सानुमती ने पुलक के स्वर में मेनका से कहा—''ऐसा जान पड़ता है, सृष्टि में सौन्दर्य और आकर्षण के सभी तत्व, मानवों पर अपने प्रभाव की परीक्षा के लिये, यौवन प्राप्त शकुन्तला के नारी शरीर में मूर्तिमान हो रहे हैं। देवलोक में अप्सराओं के जो भी काम्य गुण हैं उन्हें शकुन्तला ने तुम्हारे अंश से मानव समाज में पाया है। उसकी त्वचा पर चम्पा और केशर की आभाओं का मिश्रण है तो कमल और पाटल ने उसके सौन्दर्य में योग देने के लिये उसके कपोलों पर स्थान ले लिया है, बिम्बाफल की रक्तिमा ने उसके ओठों और नखों पर। मुक्ता को अपनी कठोरता के कारण उसके मुख और शरीर पर स्थान न मिला तो वे उसके धनुषाकार रक्तिम ओठों के भीतर दंत पंक्ति के रूप में जा छिपे हैं। भ्रमर तो रूप और रस के मतवाले होते ही हैं, वे उसके मुख-मण्डल से दूर क्योंकर रहते! भ्रमरों को सुचिक्कण कृष्णद्युति ने उसकी केश राशि को अपना लिया है। वे उसकी पीठ पर टिके क्षीण कटि से नीचे सुगोल पिण्डलियों को चूमते रहते हैं। आकाश की नीलिमा पृथ्वी से दूर होने के कारण उसके शरीर पर बहुत ही थोड़ा, केवल उसके लोचनों में ही स्थान पा सकी है परन्तु आकाश की नीलिमा ने अपने विस्तार स्वभाव के कारण उसके लोचन द्वय को आयत और दीर्घ कर दिया है। पृथ्वी पर उत्कृष्ट सौन्दर्य के तत्व सीमित मात्रा में ही हैं। अतः उस तन्वंगी के शरीर में पुष्ट मांसलता उन्हीं अंगों को प्राप्य है जिनमें पुष्टता लावण्य और आकर्षण के लिये अधिकतम सार्थक हो सकती है। सुकुमार शरीर पर प्रचुर लावण्य तथा सौन्दर्य के भार से उसके स्कन्ध सुगोल हो गये हैं। वक्ष पर सुगोल उरोज, बाहुओं और उदर की मांसलता समेट कर, वल्कल-कंचुकि बन्धन के विद्रोह में ऊर्ध्वमुख हो रहे हैं। कटि से ऊपर क्षीण उदर, मेरुदण्ड से लगकर त्रिवली में सिमिट गया है। लावण्य के भार से उसके चरणों की गति श्लथ तथा दीर्घ नयन यौवनोन्मुख भावों के आवेग से चपल हो गये हैं।

''महर्षि कण्व के आश्रम में शकुन्तला तपोवन की रीति के अनुसार वल्कल वस्त्र धारण करती है। उसके शरीर पर आभूषण नहीं है परन्तु वह राजप्रासादों की अत्यधिक रूपसी रानियों से भी अधिक आकर्षक और मनोज्ञा है। कौशेय वस्त्र और बहुमूल्य आभूषण उसके शरीर की लावण्यमय, कमनीय ज्योत्सना को छिपाने वाले भार मात्र ही

होंगे। मनुष्यों का तो कहना ही क्या! उसके रूप और स्वभाव के माधुर्य से आश्रम के समीप रहने वाले वन्य पशु-पक्षी भी उसका दर्शन तथा स्नेहमय स्पर्श पा सकने के लिए होड़ में उसे घेरे रहते हैं। नारियों में आकर्षक हो सकने की प्रतिद्वन्द्विता के कारण, रूप के सम्बन्ध में परस्पर बहुत ईर्ष्या रहती है। नारी, अन्य नारी के रूप-सौन्दर्य को न सराहती है, न उससे मोहित होती है परन्तु शकुन्तला इस विषय में अपवाद है। उसकी समवयस्कायें तथा अन्य युवतियाँ उससे ईर्ष्या न कर उस पर मोहित हैं और शकुन्तला को अपने रूप और आकर्षण का प्रभाव सम्भाले रहने के लिए स्नेह उपालम्भ से चेतावनी देती रहती हैं। मानव और चेतन जीव-जन्तु ही नहीं, वह वन की जिन बीथियों और मार्गों से आती जाती है वहाँ वृक्षों की कुसुमित शाखायें और लतायें उसके प्रति ममत्व और सख्य के अनुराग से उसका स्पर्श पा सकने के लिए झुक-झुक पड़ती हैं।''

मेनका ने सानुमती से अपनी मानवी संतान शकुन्तला के सकुशल यौवन प्राप्त कर लेने का समाचार पाकर सांत्वना का श्वास लिया और सोचा–मेरी पुत्री ने मानवी के शरीर में यौवन प्राप्त किया है। वह नारी शरीर के धर्म की प्रेरणा भी अनुभव करेगी। उसी से उसका नारी जीवन सार्थक होगा। देवताओं की कृपा से वह अपने जीवन धर्म को चरितार्थ कर सके।

× × ×

सानुमती ने देखा–हस्तिनापुर का महाप्रतापी राजा दुष्यन्त मृगया-क्रीड़ा में एक विशालकाय, बलवान बारहसिंगे के पीछे शर-संधान किये अपने वेगवान अश्व को दौड़ाता हुआ मालिनी नदी-तट के वन में पहुँच गया। राजा के अंगरक्षकों में से केवल मातलि ही अश्व पर उसके साथ था। राजा के मित्र विदूषक तथा अन्य अंगरक्षकों के अश्व पीछे रह गये थे।

राजा ने सहसा पुकार सुनी–''हे अहेरी! क्या अनर्थ कर रहे हो? नहीं जानते, इस स्थान के मृग अबध्य है।''

राजा दुष्यन्त और उसके अंगरक्षक ने देखा–एक ब्रह्मचारी वेष नवयुवक बाहु उठा उन्हें बारहसिंगे का पीछा न करने के लिए चेतावनी दे रहा था। दुष्यन्त उस समय राजकीय वेष में नहीं, आखेटक नागरिक के वेष में था। राजा के अंगरक्षक ने ब्रह्मचारी से उस स्थान पर मृगों के अबध्य होने का कारण पूछा।

ब्रह्मचारी ने उतर दिया–''आखेटक, तुम तपोवन से परिचित नहीं हो! नहीं जानते, यहां से सौ कदम पर ही तपोधन महर्षि कण्व का आश्रम है। सभी आखेटक इस तपोवन के चारों ओर एक-एक कोस की परिधि में मृगों को अबध्य मानते हैं। नागरिक यहाँ आखेट के लिए नहीं आते, यहाँ वे ऋषि कण्व तथा अन्य ऋषियों के दर्शन तथा उनसे ज्ञान प्राप्ति के लिए आते हैं अथवा इस स्थान की प्राकृतिक शोभा देखने के लिए आते हैं।''

राजा ने ब्रह्मचारी से संकेत पाकर देखा, वन का वह भाग वास्तव में ही बहुत सुन्दर था। अनेक उत्तुंग शमी वृक्षों पर मालती की कुसुमित लतायें, वृक्षों की शाखाओं प्रशाखाओं पर शिखरों तक लिपटी हुई थीं। वह स्थान इन्द्र-धनुषों का वन जान पड़ रहा था। कण्व ऋषि की ख्याति से राजा परिचित था परन्तु उस तपोवन में उससे पूर्व नहीं आया था। राजा ने श्रद्धेय तपस्वियों की भावना के प्रति आदर से वहां आखेट करना

उचित न समझा। राजा और उसके सहचर चौथे पहर तक अनेक जीवों का आखेट कर चुके थे। राजा के मन में इच्छा हुई, कुछ क्षण के लिए उस स्थान के सौन्दर्य और शीतलता का आनन्द लेकर पुण्यश्लोक महर्षि कण्व के दर्शन का धर्मलाभ प्राप्त कर लें।

दुष्यन्त के मन में विचार आया, तपोधन ऋषियों के आश्रम में राजकीय परिकर सहित जाने से आश्रम की शांति भंग होगी। राजा ने अश्व से उतर, वागुरा मातलि की ओर फेंक दी और उसे आदेश दिया कि पीछे रह गये विदूषक तथा अन्य परिकर को प्रतीक्षा के लिए उसी स्थान पर रोके। राजा ने अपना धनुष, तूणीर तथा अन्य शस्त्र भी मातलि को सौंप दिये।

राजा उस स्थान के सुवासित शीतल वायु से शान्ति अनुभव कर रमणीय लताओं और वृक्षों को देखता हुआ मालती लता से आच्छादित शमी वृक्षों के नीचे पगडंडी पर बढ़ने लगा। उसे वाटिका से घिरे आश्रम के कुटीर दिखायी दिये। वाटिका, कुसुमित लताओं और पौधों की बाड़ से घिरी हुई थी।

राजा दुष्यन्त, आश्रम-वाटिका की बाड़ के साथ-साथ पगडंडी पर आश्रम द्वार की ओर बढ़ रहा था। उसे वाटिका के भीतर युवती कंठ स्वरों में कुछ विवाद का भास हुआ। राजा की दृष्टि उस ओर घूम गयी। बाड़ पर छायी लताओं के अंतराल से उसे दिखाई दीं–दो नव-स्फुटित यौवन तन्वंगियां, तपोवन के संक्षिप्त वल्कल वस्त्रों में। एक अति उज्जवल गौरवर्ण, चतुर्दशी के चन्द्रमा की भाँति नवयौवन की पूर्णता को स्पर्श करती हुयी। वह जलकलश को उठे हुये जानु पर दोनों हाथों से थामे हुये थी। दूसरी ईशत् श्यामा, वय में द्वाद्वशी के चंद्र की भाँति। उसके कपोल परिहास की इच्छा से थिरक रहे थे। वह अपना कलश एक ओर रख कर अपनी सखी की पीठ के पीछे खड़ी हो, सखी के वल्कल कंचुकी की गांठ को मुक्त कर रही थी।

जानु पर कलश लिगे नवयुवती ने अपनी पीठ पर सहायता करती तन्वंगी को संबोधन कर उद्विग्नता प्रकट की–"प्रिय, तुम इतना कस कर क्यों बाँध देती हो कि झुकने से शरीर में गड़ता है।"

कंचुकी को ढीला करने वाली श्यामा युवती सहास बोली–"सखी, प्रातः तेरी इच्छानुसार ही बांधा था। तब तुझे यह सहज लगा था। दोष मुझे क्यों देती है, तू अपने यौवन को वश कर जो पल-पल में बढ़ता है।" वह कंचुकी का बंधन छोड़ हास्य से दोहरी हो गयी।

दुष्यंत बाड़ के दूसरी ओर से यह विवाद-परिहास देखकर कौतूहल से ठिठक गया। गौरवर्ण नवयुवती की भृकुटी खिंचे हुये धनुष की भाँति माथे की ओर उठ गयी और आयत लोचन रोष की भंगिमा में वक्र हो गयी। राजा को उसका यह रूप और भी कमनीय लगा। उसकी सखी हंसती हुई, अपना जल-कलश लेकर, बाड़ के समीप क्यारी की ओर आ गयी थी। गौर युवती ने उस ओर घूम कर खिन्नता की झंकार लिये मधुर स्वर में भर्त्सना की–"आहा, तुमने अपने विचार में बहुत सरस श्लेष किया होगा!"

श्यामा अट्टहास से हंस पड़ी।

"प्रियंवदे, शकुन्तला को अकारण ही खिन्न न किया कर!" राजा को एक और नारी का स्वर सुनायी दिया। उसने देखा, एक वयस्का तपस्विनी दूसरी ओर की क्यारी को निरा रही थी।

राजा दुष्यंत काम, कामिनी, किल्लोल तथा श्रृंगार रस की सभी विधाओं में निष्णात, अनुभवी और परम रसज्ञ था। यौवनोन्मुख तपोवन की सरला तन्वंगियों का अनावृत तनु सौष्ठव तथा उनके निस्संकोच उच्छ्वास देख कर गद्‌गद हो गया। राजा सदा ही अपने विलास के लिये आयोजित सौंदर्य से घिरा रहता था। उसे अपने चारों ओर घटने वाले कार्य-कलाप में अपनी उपस्थिति का प्रभाव अनुभव होता रहता था। इस दृश्य में उसने स्वाभाविकता का आकर्षण अनुभव किया।

राजा आश्रम की ओर ऋषि-दर्शन की भावना से आया था परन्तु स्वयं परोक्ष में रहकर देखे दृश्य से उसके मन में दूसरा ही कौतूहल जाग उठा। राजा ने सोचा–क्या यह ही विश्व विश्रुत महर्षि कण्व का आश्रम है! है तो किसी तपस्वी अथवा ऋषि का ही स्थान। आश्रम के कुलपति का परिचय न होने पर भी वह आश्रम कन्याओं के नाम जान गया था। आश्रम की वाटिका तथा आंगन में केवल तपस्विनी तरुणियाँ ही दिखायी दे रही थीं। संकोच अनुभव हुआ, ऐसी अवस्था में आश्रम में प्रवेश उचित होगा!

सूर्यास्त में डेढ़ घड़ी समय शेष था। दोनों सखियां आंगन के कूप से जल कलश खींच-खींच कर क्यारियों, लताओं और पौधों को सींच रही थीं। दुष्यंत बाड़ के समीप कौतूहल में ठिठका, ऐसे समय आश्रम में प्रवेश करने के औचित्य की दुविधा में, बाड़ के अंतराल में वाटिका देख रहा था–

शकुन्तला जवा कुसुम के पौधे को सींच रही थी। जल के प्रहार से शाखायें हिल जाने के कारण एक कुसुम के गह्वर में रसपान के लिये बैठा हुआ भ्रमर वेग से शकुन्तला की ओर उड़ा। शकुन्तला ने आतंक से सिमिट कर पुकार लिया–"हा! बचाओ!"

प्रियंवदा और युवा तपस्विनी का आतंक देखकर हंस पड़ी।

राजा देख रहा था–अतृप्त भ्रमर पुनः पूष्प में प्रवेश कर सकने के अवसर के लिए उसी स्थान पर शकुन्तला के सिर के समीप मंडराने लगा। वह भय से सिमटी जा रही थी। वह एक हाथ से कलश को थामे थी दूसरा हाथ उसने भ्रमर से रक्षा के लिए मुख के सम्मुख कर लिया था।

शकुन्तला ने सखियों के परिहास से खिन्न होकर उनकी भर्त्सना के लिये बाड़ की ओर मुख किया–"हा, हटाओ इसे काट लेगा तो!" अब उसका मुख राजा को स्पष्ट दिखायी दे रहा था।

प्रियंवदा ने हास्य से पूछ लिया–"सहाय के लिये किस तेजस्वी दीर्घबाहु को पुकार रही हो दीदी!"

अनुसूया ने भी परिहास किया–"वत्से, तुझे काटेगा या प्यार करेगा?"

प्रियंवदा हंसी–"भाभी, सत्य कर रही है। भ्रमर तो जवा के रस में मग्न था, तुमने ही उसका ध्यान आकर्षित किया। उसने जवा से भी सुन्दर आरक्त तुम्हारे ओंठ देख लिये हैं अब वह उनका रस चखे बिना कैसे मानेगा?"

भौंरा फिर शकुन्तला की ओर आ रहा था। शकुन्तला ने उससे बचने के लिए झुक कर सखियों को पुकारा तो उसकी दृष्टि बाड़ की ओट में खड़े दुष्यंत की दृष्टि से निमिषांश के लिये मिल गयी। शकुन्तला ने अपरिचित द्वारा अपनी भीरुता देख ली जाने के संकोच में सखियों पर आक्रोश प्रकट किया–"अरी तुम कैसी हो, सहायता न कर परिहास कर रही हो!"

प्रियंवदा ने पुनः हंस कर शकुन्तला को उत्तर दिया–"रस का प्यासा तो जहां रस देखेगा, वहां जायेगा।"

शकुन्तला ने जवा के पौधे से पीछे हटते हुये खिन्नता प्रकट की–"कह रही हूँ, काट लेगा तो! हाय, यह तो मेरे पीछे ही पड़ा है, तुम उसे हटाओ न!" उसने अपरिचित दृष्टि के संकोच से नेत्र झुका लिये थे परन्तु उसका स्वर उस दृष्टि के प्रभाव से धीमा हो गया और उसमें संकोच की झंकार का माधुर्य मिल गया।

शकुन्तला की सखियों को बाड़ की ओट में खड़े व्यक्ति का अनुमान न था।

बाड़ की दूसरी ओर खड़े राजा ने सखियों का परिहास सुना। उसके नेत्रों में निमिषांश के लिए ही पड़ी शकुन्तला की दृष्टि ने उसे रोमांचित कर दिया। जान पड़ा, मानो सखियों का परिहास उसके ही प्रति था। वह अधिक सुन पाने की प्रतीक्षा में वहीं ठिठका, उनकी ओर देखता रहा।

प्रियंवदा फिर हंसी–"जिसे तुमने आकर्षित किया है, उससे तो तुम ही समझो! हम किसी के आकर्षण और संतोष के द्वन्द्व में क्यों पड़ें।"

दुष्यंत के होंठों पर, मन की गुदगुदी से मुस्कान आ गयी। सोचा, यह तो अद्भुत संयोग बन रहा है।

शकुन्तला ने प्रियंवदा की ओर आक्रोश से कटाक्ष किया–"तुम्हें ऐसा ही परिहास आता है तो मुझसे न बोला करो। तुम ऐसी निष्ठुर हो तो मैं तुम्हारे लगाये इस जवा को सींचूँगी ही नहीं।"

शकुन्तला अपना कलश लेकर वाटिका के मध्य आ गयी और बैठक के लिये रखी हुई शिलाओं से घिरे अशोक-छत्र से लिपटी हुई मालती लता को सींचने लगी।

प्रियंवदा अनुसूया को सुनाकर बोली–"देखो-देखो भाभी, इसे तो उस मालती लता से अनुराग है। सदा उसे ही सींचना चाहती है। उसका अनुकरण करना चाहती है न। सोचती है, जैसे युवा अशोक ने इस मालती को आलिंगन में लेकर आश्रय दे दिया है वैसा ही अवसर इसे भी शीघ्र मिले।"

अनुसूया ने शकुन्तला की झुंझलाहट देख उसे सांत्वना देने के लिये प्रियंवदा की वर्जना की–"प्रिये, तू सरला कुन्त पर सदा ही कटाक्ष किया करती है। तुझे उसकी खिन्नता से क्या रस मिलता है?"

शकुन्तला ने सहानुभूति अनुभव कर अनुसूया की ओर देखा–"हाँ भाभी! देखो, मधुप मुझे काट लेता तो क्या होता!" और उसने प्रियंवदा के प्रति उपालम्भ दिया, "यह सखी बनती है, वह दिन भूल गया जब स्वयं भ्रमर के दंश से विकल हो उठी थी। ऐसे लोगों से सहाय अथवा अवलम्ब की क्या आशा हो सकती है!"

प्रियंवदा ने अट्टहास से अनुसूया को उत्तर दिया–"भाभी, देख लो। अब तो यह सदा ही सहाय अथवा अवलम्ब की कामना प्रकट करती है।" उसने शकुन्तला की ओर देखा, "बहिन, हम अबलायें तुझे क्या अवलम्ब दे सकेंगी? तुझे सहाय अथवा अवलम्ब देने के लिये तो अनेक भाग्यशाली सुपुरुषों की दीर्घबलिष्ठ भुजायें फड़क रही होंगी, तू उन्हें ही पुकार। न हो, प्रतापी राजा दुष्यंत को ही पुकार। वह भी तुझे अपनी भुजाओं का आश्रय देकर कृतार्थ अनुभव करेगा।"

दुष्यंत को हर्ष और विनोद का रोमांच अनुभव हुआ।

शकुन्तला ने प्रियंवदा को सुना कर अनुसूया से कहा–"भाभी, प्रिये को अपने श्लेष और व्यंग्य की सरसता पर बहुत गर्व है परन्तु यह अपने नाम में व्यंग्य को भी नहीं समझ पायी। जानती हो, इसका मौन ही प्रिय लगता है।"

अनुसूया ने सराहना में हास्य से समर्थन किया–"साधु! सौ स्वर्णकार की तो एक लौहकार की! अच्छा बेटियों, अब कलह समाप्त करो।"

दुष्यंत ने सखियों के परिहास-कलह में अपना नाम और अपनी ओर संकेत सुन कर पुलक से सोचा–तुझे तो सौभाग्य निमंत्रण दे रहा है। मैं छिपकर क्यों खड़ा रहूँ, भीतर चल कर इनसे परिचय क्यों न प्राप्त करूँ! विचार आया। भीरु, सरल स्वभाव नवयुवतियां मेरे परिचय से सहम न जायें! अपने आपको प्रकट करने की क्या आवश्यकता। उसे स्मरण हुआ, कुछ क्षण पूर्व भ्रमर से त्रस्त सुन्दरी ने सहायता के लिये भयार्त स्वर में पुकारा था। उसके ओंठों पर मुस्कान आ गयी।

दुष्यंत ने वाटिका के द्वार पर आकर पुकार लिया–"आश्रमवासी किस कठिनाई में हैं? नागरिक को सेवार्थ प्रवेश की अनुमति दें।"

युवतियों ने वाटिका के द्वार से अपरिचित स्वर सुन, दृष्टि झुका कर अपने वक्ष और कटि पर बल्कलों के यथा-स्थान होने का निश्चय कर लिया।

दुष्यंत पुनः बोला–"नागरिक ने इस वाटिका से सहाय के लिये पुकार सुनी है, सेवार्थ प्रवेश की अनुमति चाहता है।"

अनुसूया द्वार के सम्मुख आ गयी–"आर्य नागरिक का स्वागत। आश्रमवासी सहाय के भाव के लिये आभारी हैं, परन्तु आर्य यहाँ कोई कठिनाई नहीं है।"

दुष्यंत की दृष्टि शकुन्तला की ओर थी। वह विनय से बोला–"नागरिक आश्रमवासियों के कार्य में विघ्न के लिये क्षमाप्रार्थी है। यह क्या पुण्यकीर्ति ऋषि कण्व का आश्रम है?"

अनुसूया ने उत्तर दिया–"आर्य का अनुमान सत्य है।" उसने आंगन के मध्य अशोक छत्र के नीचे शिला की ओर संकेत किया, "नागरिक पधारें। आश्रमवासियों की अभ्यर्थना स्वीकार करें।"

अनुसूया ने प्रियंवदा को सम्बोधन किया–"प्रिये, माता को अतिथि के शुभागमन का समाचार दो। आर्य के लिये आसन तथा जल प्रस्तुत करो।"

दुष्यंत विनय से बोला–"आखेटक आसन की अपेक्षा नहीं करते। तपस्विनी उस विषय में चिन्ता न करें।" वह अशोक छत्र की ओर बढ़ कर शिला खंड पर निस्संकोच बैठ गया। पादत्राणों में बंधे उसके पाँव शिला खंड से नीचे भूमि पर रहे। उसकी दृष्टि पुनः शकुन्तला की ओर चली गयी। शकुन्तला ने कलश कुटिया की भित्ति के समीप, रखकर, नतग्रीव हो अंजलि से आगन्तुक का अभिवादन किया।

प्रियंवदा कुश-आसन और कमण्डल के प्रयोजन से कुटिया में गयी थी। उसने वृद्धा गौतमी को अतिथि के आगमन का समाचार दिया। प्रियंवदा कुटिया से आसन, कमण्डल तथा पादुका लेकर लौटी तो उसके पीछे-पीछे वृद्धा भी अतिथि की अभ्यर्थना के लिये आंगन में अशोक छत्र के समीप आ गयी। अतिथि के सत्कार के लिये वृद्धा तृणों की डलिया में कन्दमूल, छुरी और पलाशपत्र लिये थी।

दुष्यंत ने वृद्ध तपस्विनी के आदर के लिये शिलाखण्ड से उठ कर नत मस्तक हो अभिवादन किया–"तपस्विनी माता नागरिक का प्रणाम स्वीकार करें।"

गौतमी ने आशीष वचन से अतिथि का स्वागत किया। प्रियंवदा द्वारा बिछाये आसन पर अतिथि को बैठाकर स्वयं उसके समीप शिलाखंड पर बैठ गयी।

अनुसूया ने कलश से कमण्डल में जल लेकर अतिथि से अनुरोध किया–"आर्य, प्रक्षालन के लिये जल ग्रहण करें।" और पादुका उसके सम्मुख रख दिये।

दुष्यंत ने पुष्प-वीथी के मसीप होकर अनुसूया से जल ले हाथों और मुख पर जमा हुआ स्वेद और धूलि धो लिये और निवेदन किया–"भद्रे, पादुका की आवश्यकता नहीं। सूर्यास्त निकट है, अल्प समय बैठ सकूँगा।"

प्रियंवदा ने वल्कल तन्तु का प्रौंछन प्रस्तुत किया।

शकुन्तला ने पलाशपत्र का दोना बना लिया था। अतिथि के पुनः आसन ग्रहण कर लेने पर उसने दोनों में जल भर कर अतिथि के सम्मुख प्रस्तुत किया।

वृद्धा संकोच से बोली–"आर्य, जल स्वीकार करें। शारंग और शारद्वत आते ही होंगे। वे आकर सोमरस की व्यवस्था करेंगे।"

दुष्यंत ने शकुन्तला के हाथ से दोना लेकर कृतज्ञता प्रकट की–"आश्रमवासी कुमारी की कृपा से प्राप्त जल सोम अथवा माध्वीक से अधिक संतोष देगा।"

अतिथि के जल-पान कर लेने पर वृद्धा ने जिज्ञासा की–"आयुष्मान अन्यथा न माने तो आश्रमवासियों को स्वकुल और स्वधाम का परिचय दें।"

दुष्यंत ने उत्तर दिया–"माता, आखेट-व्यसनी क्षत्रिय को जिस समय, जिस प्रदेश में आखेट का आकर्षण ले जाय उस समय वही उसका स्थान है अथवा राजपुरुष जिस स्थान पर व्यवस्था निरीक्षण के लिये जायें, वही शिविर उनका स्थान है।"

गौतमी ने अतिथि के सम्पन्न क्षत्रिय राजपुरुष होने का अनुमान कर पुनः प्रश्न किया–"आयुष्मान ने सम्भवतः ज्ञान-जिज्ञासा से ऋषिवर के दर्शनार्थ पधारने का कष्ट किया है?"

दुष्यंत ने स्वीकार किया–"माता, तपोवन तक आने का अवसर हुआ है तो पुण्य धन ऋषिवर के दर्शन का सौभाग्य तो होगा ही।" उसने वाटिका के द्वार की ओर संकेत किया, "उस पगडंडी पर जाते समय वाटिका से सहायता के लिये आर्त्त पुकार का आभास हुआ था।" उसकी दृष्टि शकुन्तला की ओर गयी, "सहायता के लिये पुकार की उपेक्षा से अविनय होता।"

गौतमी ने कुमारियों और अनुसूया की ओर शंका से देखा–"ऐसा क्या हुआ?"

प्रियंवदा के ओंठ मुस्कान में थिरक गये और दृष्टि शकुन्तला की ओर चली गयी। शकुन्तला का मुख लाज से आरक्त हो गया, नेत्र झुक गये।

अनुसूया ने समाधान किया–"नहीं अम्मे, चिन्ता का कारण नहीं, केवल मधुप था।"

गौतमी की भृकुटी चिन्ता में उठ गयी। उसने प्रियंवदा की मुस्कान और शकुन्तला की झुकी हुई पलकें देखकर पूछ लिया–"हाय, क्या कुन्त को काटा! दंश पर जायफल तथा तुलसी दल लगा दिया है न!"

प्रियंवदा बोल पड़ी–"नहीं अम्मे, भला ··· इसे काटेगा?"

अनुसूया नेत्र झुकाये अतिथि के लिये कन्द छील रही थी। उसने कटाक्ष से प्रियंवदा को वर्जना की ओर कुमारी की उच्छृंखलता के लिये क्षमा के अभिप्राय से दुष्यंत की ओर देख कर बोली–"अल्हड़ प्रियंवदा सदा ही विनोद चाहती है। आर्य इसकी वाचालता से खिन्न न हों।" उसने प्रियंवदा की प्रतारणा की,–"क्यों पूर्णिमा की सन्ध्या तू चम्पक के फूल ले रही थी तो तेरे अंगुली पर मधुप ने नहीं काट लिया था? तब तू कितनी व्याकुल हुई थी!"

प्रियंवदा ने मुस्कान छिपाने के लिये ओंष्ठों के सम्मुख अंजलि कर ली–"भाभी, सब समान व्यवहार कहाँ पाते हैं। मधुप केतकी से विरक्ति अनुभव करता है, कलम की आसक्ति में बंधन सहता है। जवाकुसुम से उड़ाया हुआ मधुप पुनः सरस जवाकुसुम पर बैठने के लिये इसके मुख की परिक्रमा कर रहा था।" उसने अपने हास्य से संकोच अनुभव कर मुख फेर लिया।

शकुन्तला ने अपरिचित अतिथि की उपस्थिति में सखी की उच्छृंखलता के प्रति असंतोष से उसकी ओर मुड़े बिना कटाक्ष से आक्रोश प्रकट किया।

प्रियंवदा का कथन सुनने के लिये दुष्यंत का मुख उसकी ओर था परन्तु दृष्टि नेत्रों के कोनों से शकुन्तला की ओर ही थी। शकुन्तला के आयत लोचनों की वह भंगिमा दुष्यंत के मन में गहरी बैठ गई।

अनुसूया ने स्नेह से प्रियंवदा की ताड़ना की–"वाचाल, मधुप उसके मुख पर मंडराया तो वह आशंकित न होती?"

दुष्यंत ने अनुसूया का समर्थन किया–"तपस्विनी का अनुमान सत्य है। लावण्य और भीरुता का संयोग स्वाभाविक है।"

अपरिचित आगन्तुक की उक्ति से प्रियंवदा ने वाम नेत्र से शकुन्तला की ओर कटाक्ष किया। शकुन्तला की ग्रीवा झुक गयी और उसके गौर मुख पर संकोच की अरुणिमा ग्रीवा तक फैल गयी।

गौतमी ने विनोद-वार्ता की उपेक्षा कर शकुन्तला को सम्बोधन किया–"वत्से, तू भूल गयी, जवा के समीप भित्ति के स्थूण में भ्रमरों के छिद्र हैं। वे प्रायः ही रस के लोभ में जवा-कुसुमों में छिपे रहते हैं। तुझे जवा-कुसुम लेने हों तो शारंग जीजा अथवा शारद भाई से कह दिया कर।"

शकुन्तला, अतिथि की दृष्टि अपने मुख पर अनुभव कर संकोच से गौतमी के पार्श्व में हो गयी और सहारे के लिए हाथ वृद्धा के कंधे पर रख कर बोली–"अम्मे, कुसुम चयन नहीं कर रही थी, जवा के पौधों को सींच रही थी। इस पूर्णिमा से घाम तीखी होने लगी है। नये पौधे नित्य ही प्यासे हो जाते हैं।"

अनुसूया ने कन्द छील कर छोटे-छोटे टुकड़ों में काट कर पलाश-पत्र पर रखा। एक तृण धोकर कन्द के ऊपर रख दिया और पत्र गौतमी की ओर बढ़ा दिया। गौतमी से अतिथि से अनुरोध किया–"आर्य, नागरिकों को षट्रस व्यंजन प्राप्य होते हैं परन्तु आयुष्मान इस समय वनवासियों का अकिंचन अर्ध्य स्वीकार करें।"

दुष्यंत ने आदर और विनय से अंजली बढ़ा दी—"तपोधन कण्व के आश्रम का प्रसाद पाकर नागरिक कृतार्थ हुआ।" उसने तृण की सहायता से कन्द का अंश मुख में ले कन्द के अमृत समान रस की श्लाघा की, "महर्षि के पुण्य प्रभाव से यहाँ सभी कुछ अद्‌भुत और सरस है।"

गौतमी के समीप खड़ी शकुन्तला के नेत्र झुके हुये थे परन्तु वह अपने शरीर पर अतिथि की दृष्टि का स्पर्श अनुभव कर रही थी। उस संवेदन से संकोच की सिहरन अनुभव हो जाती थी। शकुन्तला ने गौतमी के कान की ओर झुक कर धीमे स्वर में कहा—"अम्मे, सूर्यास्त निकट है, अभी सींचने को बहुत से पौधे शेष हैं। मैं उन्हें निपटा दूँ।"

गौतमी ने शकुन्तला के बाहु पर वात्सल स्पर्श से अनुमोदन किया—"हाँ वत्से, यही उचित है। तू निपटा डाल।"

शकुन्तला कलश की ओर बढ़ गयी। वृद्धा का कथन सुन प्रियंवदा भी कलश उठाने चली। अनुसूया ने उसे सम्बोधन किया—"प्रिये, सिंचन शकुन्तला कर रही है। गैया लौट आयी होगी, तू जाकर उसे देख ले।"

शकुन्तला ने कलश की ग्रीवा में रज्जु डाल कूप से जल खींचा। जल भरा कलश, कटि पर पार्श्व के वर्तुल में कमल-मूल के समान कोमल बाहुओं में संभाल, पुष्प-वीथियों की ओर बढ़ने लगी। कलश के भार के सन्तुलन के लिए उसका शरीर लचक गया था। यह देख दुष्यंत उठ खड़ा हुआ और उसने गौतमी से प्रश्न किया—"माते, क्या इन भारी कलशों द्वारा वाटिका की सिंचाई का कठिन श्रम इन कुमारियों के लिए दुस्साध्य नहीं? माता, सेवक को इस कार्य में सहायता के लिये अनुमति दें।"

शकुन्तला ने नागरिक के शब्द सुने। अपने प्रति नागरिक की चिन्ता सुन कर उसके शरीर में लाज की सिहरन कौंध गयी।

प्रियंवदा शकुन्तला के समीप से वाटिका के द्वार की ओर जा रही थी। उसने शकुन्तला की कोहनी का स्पर्श कर रहस्य के स्वर में कह दिया—"सुन ले।" सखी के कटाक्ष से शकुन्तला संकोच से गड़ गयी।

शकुन्तला वीथी को सींचने के लिए जल कलश थामे झुकी हुई थी। उसने कलश से वीथी में गिरते जल के शब्द के साथ गौतमी और अनुसूया के शब्द सुने—"आर्य, चिंता न करें। अभ्यास तथा अनुराग से श्रम सरल तथा सुखद हो जाता है। कुन्त और प्रिये को इन वीथियों और लता-वृक्षों से गहरी ममता है। नित्य दोनों ही यह श्रम चाव से करती हैं।"

अतिथि ने स्वीकार किया—"माता आश्रम की शिक्षा का ऐसा प्रभाव स्तुत्य है परन्तु आश्रम में कठिन श्रम और सेवा कार्य के लिए दास-दासी न देख कर विस्मय है। निरन्तर तप और ज्ञान विमर्श में व्यस्त महर्षियों के लिए सेवा की सुविधायें आवश्यक हैं। क्या राजपुरुष इस तपोवन की सेवा और सुविधा का ध्यान नहीं रखते?"

गौतमी और अनुसूया ने अतिथि का समाधान किया—"देवताओं के प्रिय, महाप्रतापी महाराज दुष्यंत की जय हो। धर्मकीर्ति महाराज के राजपुरुषों की ओर से उपेक्षा नहीं है। राज्य तथा सम्पन्न नागरिकों की आश्रम के प्रति सद्‌भावना और कृपा है। अन्य आश्रमों की भाँति इस आश्रम के लिए भी दास-दासी दुर्लभ नहीं हैं। तपोधन तात की इच्छा से

आश्रम में स्वयं-सेवा का नियम है। दोनों कुमारियाँ और अनुसूया आश्रम की वाटिका, वल्कल-वस्त्र, गो-सेवा, अग्निहोत्र तथा रंधन की व्यवस्थाा करती हैं। आश्रम की कृषि तथा कन्दमूल का आयोजन तात के आदेश से शारंगरव और कुमार शारद्वत करते हैं।'' गौतमी ने वाटिका के द्वार की ओर संकेत किया, ''देखो, वत्स शारद्वत आ गया। शारंगरव भी आता ही होगा।''

शारद्वत के शरीर पर कटि से जंघा तक मृगचर्म मूँज के बन्धन से बंधा था। उसके सुडौल वक्ष पर रामबांस के तन्तुओं का यज्ञोपवीत था। केश सिर पर जूड़ा में बंधे थे। ओठों पर फूटती रेखा और मांसल वक्षस्थल पर फूटती रोम राशि उसके युवावस्था में प्रवेश का संकेत कर रही थी। कुमार के एक हाथ में लाठी थी और दूसरे हाथ में वल्कल तन्तुओं से बना हुआ थैला जो खूब भरा हुआ था।

शारद्वत ने गौतमी से आखेटक नागरिक का परिचय पाकर उसके आगमन के लिए प्रसन्नता प्रकट की। उसने हाथ का थैला अतिथि के सामने रख दिया और पके हुए लाल बेर अंजलि में उठा कर दिखाये–''आर्य, इस बद्री की सुगंध और रस देखें। यह फल मैं एक कोस दूर किंशुक प्रपात से लाया हूँ।''

दुष्यंत ने एक बेर चख कर सराहना की। वृद्धा से वार्त्तालाप करते हुए उसकी दृष्टि बार-बार कूप से जल के कलश से जाकर वाटिका का सिंचन करती हुई शकुन्तला की ओर थी। शकुन्तला कूप से कलश भर कर वीथियों की ओर जाती तो उसकी पीठ दुष्यंत की ओर रहती। कटि पर कलश के भार के कारण शरीर बायीं ओर लचका रहने से उसके पग तनिक डगमगाते जान पड़ते। वह कलश को भरने के लिए कूप की ओर लौटती तो उसका मुख दुष्यंत की ओर होता। दृष्टि संकोच से झुकी रहने पर भी नेत्रों के कोनों से नागरिक की अपनी ओर लगी दृष्टि दिखायी दे जाती। उसके पग डगमगा जाते।

शारद्वत वाटिका के द्वार से आहट पा उस ओर देख बोल उठा–''भैया भी आ गये।''

एक पूर्ण युवा, श्मश्रु आवृत्त मुख पुरुष ने वाटिका के द्वार से प्रवेश किया। युवा का वेश भी शारद्वत की भाँति संक्षिप्त था। उसके सिर के जुड़े, श्मश्रु और वक्ष की घनी रोम-राशि तथा शेष शरीर पर भी धूलि दिखायी दे रही थी। वह एक हाथ से कंधे पर कुदाल सम्भाले था।

शारंगरव ने अतिथि का अभिवादन कर कुदाल कुटिया की भित्ति के साथ टिका दी और गौतमी को सम्बोधन किया–''आज तात के प्रत्यागमन की आशा थी। दिवस का अवसान हो रहा है।''

गौतमी ने उत्तर दिया–''हाँ वत्स, आशा तो ऐसी ही थी परन्तु आ नहीं पाये। मार्ग में अनेक आश्रम हैं। मार्गस्थ जिज्ञासुओं का अनुरोध अनुपेक्षणीय हो जाता है।''

शारंगरव ने दुष्यंत को सम्बोधन किया–''आर्य का ऋषि-दर्शन का मनोरथ पूर्ण नहीं हुआ। सूर्यास्त हो रहा है। रात्रि में वन-मार्ग असुविधाजनक होते हैं। समीपतम ग्राम भी यहाँ से चार कोस के अन्तर पर हैं। आर्य रात्रि में आश्रम का अकिंचन आतिथ्य स्वीकार करें। नागरिक-भवनों की सुविधा तपोवन में कहाँ, परन्तु अतिथि की सुविधा की व्यवस्था यथासम्भव की ही जायेगी। यदि आर्य को ग्राम में ही विश्राम अभीष्ट हो तो कुछ आहार ग्रहण कर लें। मैं तब तक स्नान कर लूँ। आर्य को ग्राम-पथ तक मार्ग दिखा दूँगा।''

दुष्यंत ने अनुमान किया, उसकी उपस्थिति आश्रमवासियों के नित्य कर्म में बाधक हो रही थी। वह शिलाखण्ड से उठकर बोला–"नागरिक आश्रमवासियों के सौजन्य के प्रति आभारी है। आखेटक को असुविधा की आशंका नहीं है। अश्व तथा अन्य मित्र, शमी वृक्षों के समीप विश्राम कर रहे हैं। संगति में ग्राम तक यात्रा में क्या असुविधा? नागरिक को पुनः ऋषि-दर्शन के लिए उपस्थिति होने की अनुमति दें।"

शकुन्तला ने वाटिका सींचकर कलश कुटिया की भित्ति के समीप रख दिया था। गौतमी ने उसे पुकार लिया–"वत्से, क्लान्त हो गयी है न! आ कुछ पल मेरे समीप बैठ कर विश्राम कर। तुझे वातास दे दूं।"

शकुन्तला अतिथि की दृष्टि के संकोच से, गौतमी के समीप ओट में बैठ गयी थी। गौतमी दो पलाश पत्र उठा कर स्नेह से शकुन्तला को वातास दे रही थी।

शकुन्तला की ग्रीवा झुकी हुई थी परन्तु नागरिक के शब्दों से उसकी उपस्थिति के प्रति सतर्क थी। उसे अपने शरीर पर अतिथि की दृष्टि का स्पर्श अब भी अनुभव हो रहा था। उसने नागरिक के शब्द सुने–"अनुमति दें!" और वाटिका के द्वार की ओर उठते पादत्राण वेष्ठित पदों की आहट भी सुनी। शकुन्तला की दृष्टि उस ओर उठ गयी।

नागरिक ने वाटिका के द्वार से विदाई के लिए कुटिया की ओर प्रणाम किया। वह प्रणाम सभी को कर रहा था परन्तु उसकी दृष्टि शकुन्तला की ओर थी। शकुन्तला की दृष्टि उसकी सतृष्ण दृष्टि से मिल गयी।

× × ×

संध्या कर्मकाण्ड और आहार के पश्चात् प्रियंवदा और शकुन्तला ने होमकुण्ड के समीप मादुर बिछा दिये। वसन्त के आगमन से तपोवन में मशक-कीट, पतंग आदि बढ़ गये थे। शारद्वत ने मशकों को दूर रखने के लिए होम-कुण्ड में गोमय तथा नीम की हरी समिधायें डाल दी थीं।

होम-कुण्ड के समीप गौतमी, अनुसूया, शकुन्तला, प्रियंवदा और शारद्वत शारंगरव के चारों बैठे दो घड़ी रात्रि तक देवासुर संग्राम की कथा सुनते रहे। कथा के पश्चात् शारंगरव और शारद्वत शयन के लिए अपनी कुटिया में चले गये। गौतमी, अनुसूया तथा कुमारियों को साथ आने के लिए कह कर शयन के लिए कुटिया में चली गयी।

गौतमी के शरीर में वार्धक्य के कारण पीठ और जानुओं में पीड़ा उठती रहती थी। रात्रि में अनुसूया अथवा कुमारियाँ वृद्धा को निद्रागत होने में सहाय के लिए इंगुदी के तेल अथवा औषधि-मिश्रित घृत से कुछ समय उसके अंगों का मर्दन कर देती थीं। प्रियंवदा इंगुदी के तेल का बिल्ब लेकर गौतमी की शरीर सेवा करने लगी। अनुसूया ने शयन के लिए अपनी मादुर गौतमी के समीप ही बिछा ली थी। शकुन्तला और प्रियंवदा के मादुर दूसरी ओर भित्ति के समीप थे।

प्रियंवदा ने वृद्धा के नासा के स्वर से उसकी निद्रा का अनुमान कर लिया। वह अपनी चटाई की ओर जाने के लिए उठी तो अनुसूया भी निद्रागत की भाँति श्वास ले रही थी। वह शकुन्तला के समीप अपनी मादुर पर लेट गयी। शकुन्ला निश्चल थी। प्रियंवदा उसके समीप सरक गयी और मुख शकुन्तला के सिर के समीप कर धीरे से पूछा–

"सो गयी!"

"ऊँ हूँ!" शकुन्तला ने उत्तर दिया।

प्रियंवदा अपनी स्मृति से शकुन्तला को नागरिकों के गृहस्थ जीवन के रहस्यमय प्रसंग सुनाती रहती थी।

प्रियंवदा आठ वर्ष की थी तब उसकी माता का देहान्त हो गया था। उसके ब्राह्मण पिता ने दूसरा विवाह कर लिया था। विमाता उसे सहती न थी। पिता ने तीन वर्ष तक प्रियंवदा को कुछ समय उसके मामा के यहाँ, कुछ समय उसकी मौसी के यहाँ और फिर उसके ताऊ के यहां रखने का यत्न किया परन्तु वह निभ न सका। कन्या विवाह योग्य होने के समय तक संयम-नियम से शिक्षा पा सके, इस प्रयोजन से प्रियंवदा के पिता ने उसे कण्व ऋषि के आश्रम में रख दिया था।

प्रियंवदा पाँच वर्ष से आश्रम में शकुन्तला की सखी के रूप में थी। बाल्यकाल में, अनेक परिवारों में उपेक्षित अवस्था में रहने के कारण उसने बालिकाओं के जानने और न जानने योग्य भी बहुत कुछ सुन-जान लिया था। शकुन्तला नागरिक और गृहस्थ जीवन से सर्वथा अपरिचित होने के कारण उन रहस्यमय वृत्तान्तों को कौतूहल से सुनती थी। शयन के लिए समीप लेट जाने पर प्रियंवदा घड़ी भर शकुन्तला को रहस्य-वार्त्ता सुनाती रहती और शकुन्तला हूँ-हूँ शब्द से कौतूहल और तन्मयता का संकेत करती रहती। गौतमी अथवा अनुसूया को उनके ऐसे व्यवहार के लिए प्रायः ही वर्जना करनी पड़ती थी।

प्रियंवदा गत रात्रि शयन से पूर्व शकुन्तला को शारद्वत का किल्लोल परिहास बताने के प्रसंग में अपने ताऊ के ज्येष्ठ पुत्र और पड़ोसी स्वर्णकार की पुत्री का प्रसंग पुनः कल्पना रंजित रहस्य से सुना रही थी। उस समय उन्हें अनुसूया ने वर्ज कर निद्रा के लिए मौन रहने का आदेश दे दिया था। संध्या नागरिक अतिथि के आ जाने से प्रियंवदा के मस्तिष्क में नगर की स्मृतियाँ जाग उठी थीं। वह गत रात्रि के अधूरे प्रसंग को और भी अधिक उत्साह से सुनाने लगी परन्तु शकुन्तला से उत्सुकता का संकेत न मिला।

"क्या सो गयी?" प्रियंवदा ने शकुन्तला के पार्श्व में स्पर्श कर पूछा।

"नहीं।" शकुन्तला का धीमा सा अनुत्सुक उत्तर सुनाई दिया।

"किस विचार में है?"

"ऊहूँ।" शकुन्तला के दबे स्वर में अनिच्छा की ध्वनि थी। उसने प्रियंवदा की ओर से करवट ले ली।

प्रियंवदा ने शकुन्तला को बाहु से अपनी ओर खींचा, मुख उसके कान से लगाकर पूछा, "नागरिक को स्मरण कर रही हो?"

"हट!" शकुन्तला ने धीमे निश्वास में कहा।

"सच मान, उसकी दृष्टि निरन्तर तेरी ओर थी।"

"मैं क्या जानूँ!"

"उसका रूप तथा व्यवहार सम्पन्न और विशिष्ट क्षत्रिय का था।"

"तो क्या!"

"हाय तेरी सहायता के लिये कितना आतुर था।...तुझ पर आसक्त था।"

"व्यर्थ परिहास न कर।"

"तेरी स्मृति साथ ले जायेगा।"

"हट!"

शकुन्तला ने धीमा निश्वास लिया—"उसने तो तात के दर्शनार्थ पुनः आने को कहा है।"

प्रियंवदा ने शकुन्तला के पार्श्व में गुद-गुदा कर श्वास के स्वर में कहा, "ऐसे ही होता है, जानती हूँ।"

शकुन्तला ने गुदगुदी पार्श्व में ही नहीं, हृदय में भी अनुभव की। उसने मौन रहने के लिये पीठ प्रियंवदा की ओर कर ली और पलक मूंद लिये परन्तु उसकी दृष्टि के सम्मुख संध्या समय वाटिका का दृश्य और भी स्पष्ट हो गया।

राजा दुष्यंत माधवी लता से आच्छादित शमी वृक्षों के नीचे पहुँचा तो उसे अपने दो अंगरक्षक वन-पथ दर्शक सहित आश्रम की ओर आते दिखाई दिये। राजा को अपरिचित स्थान में अंधकार के कारण असुविधा न हो, इस विचार से वे लोग राजा को खोजते हुये आश्रम की ओर जा रहे थे।

दुष्यंत ने देखा—उसका अंगरक्षक यूथप रैवतक, अन्य अंगरक्षक तथा मातलि अश्वों की वागुरायें थामे प्रतीक्षा में खड़े थे। उसका विदूषक मित्र माधव्य, शरीर की स्थूलता के कारण अश्वारोहण से क्लान्त हो गया था और स्वामी की प्रतीक्षा के क्षणों का लाभ उठा लेने के लिये अपना अश्व एक सैनिक को सौंपकर काठी के नीचे का कम्बल भूमि पर बिछा कर लेट गया था। वह सैनिकों से राजा के आने का संकेत पा, उछल कर तत्परता से खड़ा हो गया।

अंगरक्षक यूथप रैवतक ने राजा के सम्मुख आवेदन किया—महाराज के रात्रि विश्राम का प्रबन्ध चार कोस पर नदी तटवर्ती मित्तल ग्राम में किया गया था। शिविर-रक्षक और राजभृत्य आखेट में प्राप्त पशुओं सहित उस ओर जा चुके थे। मित्तल ग्राम तक यात्रा के लिये समीप ही, मालिनी तट के मार्ग पर राज-रथ प्रस्तुत था।

राजा ने देखा, संध्या पश्चात् सूर्य की बिदा लेती आभा का स्थान ग्रहण करने के लिये शुक्ल पक्ष की नवमी का धूमिल सा चन्द्रमा आकाश में प्रतीक्षा कर रहा था परन्तु सैनिकों ने सूर्यास्त पश्चात् यात्रा के लिये उल्काओं का आयोजन भी कर लिया था। दुष्यंत अश्व पर आरूढ़ हो पथदर्शक द्वारा दिखाये मार्ग से मालिनी तट के राजपथ की ओर चला। विदूषक माधव्य अश्वारूढ़ हो राजा के पार्श्व में हो गया। राजपथ पर पहुँच कर राजा ने अपना अश्व अंगरक्षक को सौंप दिया और प्रतीक्षा में खड़े रथ पर आरूढ़ हो गया।

स्थूलकाय विदूषक की श्रान्ति के प्रति सहानुभूति से राजा ने उसे भी रथ पर स्थान दे दिया। एक सैनिक ने विदूषक के अश्व की वागुरा ले ली। रथ के चलने पर राजा ने माधव्य की ओर देखकर कहा—"मित्र, मिष्टान्न और मदिरा के आधिक्य का शरीर पर ही प्रभाव होता है। इतनी यात्रा से ही निढाल हो गये!"

विदूषक माधव्य ने उत्तर दिया—"महाराज का वचन सत्य है परन्तु सेवक श्रान्ति से धराशायी नहीं हो गया था। आशा नहीं थी, महाराज का मन ऋषि सत्संग से शीघ्र तृप्त हो जायेगा। अन्नदाता जानते हैं अध्यात्म रस और सोमरस के आस्वादन में समय का ध्यान कठिन होता है।"

दुष्यंत विदूषक के परिहास पर मुस्करा दिया–"हूँ!" और रथ के सम्मुख दूर दृष्टि लगाये बोला, "सत्य है, किसी भी प्रकार की आसक्ति में समय का विचार नहीं रहता परन्तु आश्रम में असमय ठहरना संयमी तपस्वियों के नियम और कर्मकाण्ड में विघ्न का कारण होता।"

विदूषक विनय से बोला–"महाराज ने केवल ऋषि दर्शन का संतोष पाया है। मुख की मुद्रा से अध्यात्म रस का ही प्रभाव प्रकट है। श्वास में सोमरस की नहीं, हाँ बद्रीफल की सुगन्ध अवश्य है। सेवक को तो तपोवन में केवल सोमरस-पान के अवसर से ही ईर्ष्या हो सकती थी। पंचाग्नि से तपे हुये जटा-जूट, वल्कलधारी आश्रमवासियों के रूप दर्शन के लिये सेवक ईर्ष्या नहीं करता।"

आकाश में नक्षत्र प्रकट होने लगे। वनराशि पर धूमिल ज्योत्सना फैलने लगी। दुष्यंत की दृष्टि आकाश की ओर थी। वह मौन था मानो उसने विदूषक का कथन नहीं सुना।

विदूषक ने राजा के मौन से अनुमान किया–राजा गम्भीर विचार में था। वह राजा को अपनी चिन्ता प्रकट करने का अवसर देने के लिये बोला–"महाराज के रुद्र प्रताप से पृथ्वी दिगन्त तक धर्म और पुण्य प्रवृत्ति के द्रोही असुरों और दस्युओं से निर्भय है। प्रातः से अनेक तपोवनों में, देवताओं को प्रसन्न करने वाले पवित्र यज्ञ-धूम के दर्शन का पुण्य लाभ हुआ है। मन को पावन करने वाले यज्ञ-धूम के दर्शन से सेवक को भास हुआ, देवताओं के निमित्त यज्ञकुण्डों में वैश्वानर को अर्पित बलि देवलोक तक ले जाने वाला यह पवित्र धूम ब्रह्मवेत्ता ऋषियों और उनके रक्षक पुण्य-प्रताप क्षत्रियों के सशरीर देवलोक गमन कर सकने के लिये सोपान बना रहा है।"

दुष्यंत मौन रहा।

विदूषक बोला–अकथित और अदृष्ट के ज्ञाता ऋषि जानते हैं कि महाराज तपोवनों की कल्याण-चिन्ता से ही आखेट के मिस वन-यात्रा का कष्ट उठाते हैं। महाराज के दीर्घ बाहुओं की रक्षा में निर्भय होकर ऋषि और तपस्वी अपने कर्मकाण्ड से देवताओं को संतुष्ट करते हैं तथा देवताओं से महाराज के यज्ञ-वृद्धि की कामना करते हैं। देवराज इन्द्र क्षत्रियों के मुकुटमणि महाराज को पृथ्वी पर विरंचि और देवताओं की व्यवस्था का रक्षक मान कर उनके प्रति आभारी हैं। देवराज महाराज को अपना मित्र जान कर संतोष अनुभव करते हैं और कृतज्ञता में महाराज की रक्षित भूमि को मित्र, वरुण, पवन तथा सोम आदि देवों के प्रसाद से सन्तुष्ट और अष्ट व्याधियों से मुक्त रखते हैं।"

दुष्यंत की निरुद्देश्य अपलक दृष्टि धूमिल ज्योत्सना से क्षीणप्रभा नक्षत्रों की ओर थी। राजा का शरीर वेगवान रथ पर सम्मुख दिशा में बढ़ता जा रहा था परन्तु उसका मन रथ के शिखर पर लगी पताका तथा अश्वारोही सैनिकों के हाथों में थमी उल्काओं की लपटों और धूम की भाँति विपरीत दिशा में, कण्व के आश्रम की ओर जा रहा था। आकाश की ओर उठे उसके अपलक नेत्र टिमटिमाते नक्षत्रों में अस्तोन्मुख सूर्य की किरणों से भासित, कण्व ऋषि के आश्रम की वाटिका को सींचती हुई वल्कल वेष्टित शकुन्तला को देख रहे थे।

"आह, चार कोस आ गये!" विदूषक ने विस्मय प्रकट किया, "दिन भर के श्रान्त अश्व और यह वेग! निश्चय ही महाराज के अश्व पवन के अंश हैं।"

विदूषक की बात से राजा का ध्यान टूटा। उसने 'जय हो! जय हो! महाराज की जय हो!' की स्पष्ट गूँज सुनी और सम्मुख विरल होते हुये वन से परे अनेक उल्काओं का प्रकाश दिखाई देने लगा। दुष्यंत ने सावधान हो जाने के लिये निश्वास ले आसन बदला तथा मेरुदण्ड को सीधा कर लिया।

विदूषक ने अनुमान किया, राजा का मन विचार लोक से लौट आया है। बोला–"प्रतापी महाराज देखें ग्रामवासी राजदर्शन के पुण्य लाभ के लिये उत्साह और उमंग से दौड़े चले आ रहे हैं। अन्नदाता उनका हर्षोल्लास सुनें, जैसे उषाकाल में दिवाकर का स्वागत करने के लिये पक्षी-समुदाय उल्लास से कलरव कर रहा हो।"

मित्तल ग्राम में राजपुरुषों के अकस्मात आगमन से ग्रामवासी स्तम्भित हो गये थे। संध्या तक स्वयं महाराज पहुँच जायेंगे, इस समाचार से ग्राम में आतंक फैल गया था। ग्राममुखिया ऐसे संकट के अवसर से राजभक्ति का पुण्य अर्जन करने के लिये सावधान हो गये और तुरन्त राज-स्वागत प्रदर्शन के समारोह का आयोजन करने लगे। मुखिया के निर्देश से अनेक ग्रामवासी शिविर के राजपुरुषों की सेवा-सहायता के लिये प्रस्तुत हो गये। राजपुरुषों के सुझाव तथा ग्रामवासियों के सामर्थ्य और कल्पना के अनुसार राज-सत्कार के आयोजन होने लगे। राजदण्ड का आतंक राजदर्शन के उत्साह-प्रदर्शन में परिणत हो गया। ग्राम वधुयें उत्सव के अवसरों के लिये सुरक्षित अपने सर्वोत्तम वस्त्र तथा आभूषण धारण कर महाराज की स्वागत-आरती के लिये दीप तथा सुगन्धित धूम्र लिये मंगलगान करती हुई ग्राम की सीमा पर उपस्थित हो गयीं।

महाराज दुष्यंत के रथ से उतरने पर राजशिविर की यवनियां उनके बाहुओं को सहारा देकर उन्हें पटवास में प्रस्तुत कोमल आस्तरणों से मण्डित पीठिका पर ले गयीं और उन्हें बैठा कर उपधानों का सहारा दे दिया। महाराज ग्रामप्रमुखों की अभ्यर्थना स्वीकार कर चुके तो दासियाँ राजा को शिविर के अन्तरंग भाग में ले गयीं और उनके मृगया श्रान्त शरीर का सुगन्धित तेल से मर्दन कर उन्हें ऊष्ण जल से स्नान कराया। स्नान के पश्चात् कंचुकी ने स्वर्ण के आधार पर, स्फटिक के पात्रों में अनेक प्रकार के मद्य उपस्थित किये। विदूषक माधव्य राजा की दृष्टि की प्रतीक्षा में समीप ही उपस्थित था। राजा ने उसे संकेत से आस्तरण पर बुला लिया।

माधव्य ने सेवक द्वारा प्रस्तुत आधार से कापिशायिनी का चशक उठाकर राजा के हाथ में दे दिया। दूसरा चशक स्वयं लेकर अभिवादन किया–'शिवम्!' और राजा को हंसा सकने के प्रयोजन से सुरा को नासा की ओर उठाकर मद की भंगिमा द्वारा मद्य के सुवास की सराहना की।

दुष्यंत ने ग्रीवा के संकेत से मद्य के विषय में माधव्य की विदग्धता का अनुमोदन किया और बोला–"उत्तम मद्य सुवास से सम्मोहन करता है। चमत्कार मद वह जो दर्शन से मोह ले।"

माधव्य को राजा के दीर्घ मौन के कारण का कुछ संकेत मिला। उसने विस्मय की मुद्रा से जिज्ञासा की–"अन्नदाता, मणि-माणिक्य और कौशेय वस्त्रों से मण्डित, देवभोग्य मद्यों से सुवासित ओष्ठ तथा रंजित लोचन, अप्सराओं को भी अप्रतिभ करने वाली प्रासाद-रमणियाँ जिस विशाल वक्ष के आश्रय और कृपा-कटाक्ष के लिये परस्पर स्पर्धा करती हैं, उस रमणी-रंजन के मन को बांध लेने वाला कौन चमत्कार महाराज ने तपोवन

के पंचाग्नि से तप्त, यज्ञ के धूम और भस्म से चर्चित, जटाजूट से भूषित, वल्कल वेष्ठित समुदाय में देख पाया?''

दुष्यंत ने विदूषक को उत्तर दिया–''मित्र, नहीं जानते, कमल कीचड़ और काई में लिपटा रहने पर भी कमल ही रहता है। मणि धूलि में पड़ी रहने पर भी मणि ही रहती है।'' राजा की अपलक और निरुद्देश्य दृष्टि शिविर द्वार से नक्षत्रों की ओर उठ गयी।

विदूषक ने उत्साह से समर्थन किया–''महाराज निश्चय! निश्चय! धूलि मणि की द्युति को मन्द नहीं कर सकती। सहृदय रसिक उपेक्षित रत्न के प्रति अधिक आकर्षण अनुभव करते हैं। महाराज, तृप्ति से कुण्ठित रुचि को वैचित्र्य ही उद्वेलित कर सकता है।''

दुष्यंत ने कापिशायनी का घूँट लेकर चशक आधार पर रख दिया। उसकी दृष्टि पुनः शिविर द्वार से आकाश की ओर उठ गयी।

माधव्य राजा के मौन से उसके हृदय की आकुलता का अनुमान कर बोला–''महाराज, कार्य और पदार्थ प्रतापियों की इच्छा की प्रतीक्षा करते हैं। कामना शमन का उपाय है, तृप्ति।'' विदूषक ने रहस्यपूर्ण कटाक्ष से सुझाया, ''राजधानी से बत्तीस कोस के अन्तर पर यहाँ अन्तःपुर के असन्तोष की भी आशंका नहीं। अन्नदाता, तपोवन है कितनी दूर? सेवक अश्वारोही सैनिकों की सहायता से घड़ी भर में कीचड़ और काई से वेष्ठित कमल अथवा धूलि-लुण्ठित मणि को प्रतापी महाराज की कृपा पाने के लिए प्रस्तुत कर सकता है।''

दुष्यन्त की दृष्टि शिविर के बाहर शून्य की ओर ही रही। वह बोला–''वह देवकृपा से रक्षित ऋषि तनया है अथवा आश्रम पोषित ब्राह्मण कन्या हो सकती! मित्र, देवता अथवा ब्राह्मण का असन्तोष उपेक्षणीय नहीं।''

माधव्य मुस्करा दिया–''महाराज, वीर भोग्या वसुन्धरा! देवता अथवा ब्राह्मण अपने अधिकार की रक्षा और अंश की प्राप्ति के लिये क्षत्री के बाहुबल की अपेक्षा करते हैं। आश्रित के असन्तोष की क्या आशंका! कृपासिन्धु, ऋषि तनया हो, ब्राह्मण सुता हो, देव कन्या भी हो छत्रपति के अंक का आश्रय उसका सौभाग्य होगा।''

दुष्यन्त ने माधव्य की ओर देखा–''तुम मूर्ख हो! शक्ति और शासन का सूत्र नियम है। राजा अनियम करेगा तो राजशक्ति और राजनियम स्वयं शिथिल हो जायेंगे।''

दुष्यन्त ने अपने जानु पर हाथ रख कर माधव्य को समझाया–''मित्र, राजसत्ता और राजबल के मूल, प्रजा के आदर पर विश्वास में ही रहते हैं। प्रजा का असन्तोष, अविश्वास तथा अपवाद राजसत्ता के घुन होते हैं।''

राजा ने प्रतीक्षा में खड़े सेवक को भोजन प्रस्तुत करने की अनुमति दे दी।

दुष्यन्त भोजन के पश्चात् एकान्त न पा सका। यूथप रैवतक और शिविर के अधिष्ठाता से उसने संकेत पाया था कि मित्तल ग्राम के भट्ट तथा ग्राम में डेरा डाले हुये नटों का दल राजकृपा की आशा में कौतुक-कौशल के प्रदर्शन के लिए प्रकाश तथा मंच का आयोजन किये हुये थे। राजा ने ग्रामवासी प्रजा का मन रखने के लिये चतुर्थांश घड़ी तक मल्लों तथा नटों द्वारा प्रस्तुत विनोद-कौतुक देखकर उनके कौशल की सराहना की।

उसने शिविर अधिष्ठाता को आदेश दे दिया, विनोद-कौतुक प्रदर्शन करने वाले प्रत्येक व्यक्ति को राजकीय पुरस्कार स्वरूप एक-एक स्वर्ण मुद्रा दी जाये।

दुष्यन्त को प्रायः रस-विनोद में मग्न रहने के कारण अर्धरात्रि के पश्चात् निद्रागत होने का अभ्यास था। विदूषक तथा दास-दासियों को स्वामी की मुद्रा में निद्रालस्य का भास नहीं हुआ परन्तु राजा एकान्त और मौन की इच्छा से शिविर के शयन-कक्ष में जाकर पर्यंक पर लेट गया। अंगदासियां निद्रा प्राप्ति में सहाय देने के लिये राजा के शरीर का मर्दन करने लगीं। कुछ समय पश्चात् राजा ने दासियों को हट जाने का संकेत कर दिया परन्तु वह निद्रागत न हो सका। पर्यंक पर करवटें बदलता रहा।

× × ×

राजा दुष्यन्त सैन्य-यात्रा अथवा आखेट-प्रवास में सूर्योदय से पूर्व ही दिनचर्या आरम्भ कर देता था। प्रातः सूर्य का ताप प्रखर होने से पूर्व ही राजा ने ब्राह्मणों को दान-दक्षिणा देकर उनका आशीर्वाद प्राप्त करने, प्रजा को दर्शन देने तथा स्थानीय राजपुरुषों द्वारा व्यवस्था का समाचार सुनने के कार्य निबटा दिये।

राजा के अंगरक्षक अश्वारोही सैनिक, उस प्रदेश तथा समीपवर्ती वनों के अश्वारोही पथ-प्रदर्शक राजकीय रथ तथा राजकीय अश्व यात्रा के लिए प्रस्तुत थे। पूर्व निश्चय के अनुसार आखेट-यात्रा की योजना मित्तल ग्राम से दक्षिण, यमुना तट की ओर थी। गतरात्रि राजशिविर में संवाद प्राप्त हुआ था कि उत्तर दिशा में समीप ही पर्वत उपत्यका से आये हाथियों का दल ग्रामवासियों को त्रस्त कर रहा था। राजा ने रथारूढ़ होकर, रात्रि में प्राप्त समाचार के विचार से, उत्तर दिशा में हाथियों से त्रस्त प्रदेश की ओर प्रस्थान का आदेश दिया।

राजा का आखेटक दल अतिवेग से प्रस्थान कर शीघ्र ही हस्ती-त्रस्त प्रदेश में पहुँच गया। राजा ने रथ छोड़ कर अश्व ले लिया। उसके सैनिकों ने स्थानीय ग्रामवासियों तथा तपस्वियों द्वारा बताये वन में हाथियों के दल को घेर कर गजराज तथा अनेक दन्तियों का संहार कर, हस्तिदल को छिन्न-भिन्न कर दिया। राजा ने यूथप रैवतक को आदेश दिया कि वह शेष हाथियों को समाप्त करके मित्तल ग्राम के शिविर में लौट जाये। पथ-प्रदर्शक को उसने पश्चिम दिशा में कण्व के आश्रम के समीप मालिनी तट का मार्ग दिखाने का आदेश दिया।

गौतमी को प्रातः ही समाचार मिला था कि ऋषि चित्रांक की पुत्र-वधू प्रसव पीड़ा में थी। ऋषि चित्रांक का आश्रम कण्व ऋषि के आश्रम से आधे कोस के अन्तर पर था। गौतमी पूर्वाह्न का कार्य निपटा कर अनुसूया को साथ ले वहाँ चली गयी थी।

आश्रम के पिछवाड़े अन्न तथा शाक के उत्पादन के लिए खेतों के समीप वन-ज्योत्सना का सघन गुल्म था। घाम प्रखर हो जाने पर भी सूर्य की किरणें उस गुल्म में प्रवेश न कर पाती थीं। उस गुल्म में ताप के समय भी शाखाओं और पत्तों के अन्तराल से शीतल पवन आता रहता था। गुल्म कुटिया की अपेक्षा अधिक शीतल रहता था। शारंगरव और शारद्वत ने उस कुंज के भीतर भूमि को समतल करके गोमय से लीप लिया था। मध्यान्ह में कृषि के श्रम से थककर वे दोनों वहीं विश्राम करते थे।

मध्यान्ह में सूर्य का ताप प्रचण्ड था। तप्त, तीव्र वायु के आघात से वन के वृक्ष झूम रहे थे। ताप के कारण पक्षी घने वृक्षों की शाखाओं में और मृग तथा अन्य वनपशु घने वृक्षों के नीचे कुंजों में शरण पा रहे थे। कण्व ऋषि के आश्रम में उस समय शकुन्तला और प्रियंवदा ही थीं। दोनों ने पूर्वान्ह के आहार के पश्चात् अपने केश रीठे के जल से धो लिये थे। आश्रम में पुरुषों के न होने से वे केशों को सुखाने के लिये निस्संकोच पीठ पर फैलाये थीं। दोनों सखियां वाटिका के सघन माधवी कुंज में मादुर बिछा कर बैठी हुई थीं। शकुन्तला तकली पर वल्कल के रोमों का सूत बना रही थी। प्रियंवदा भूमि में गड़ी हुई खूंटियों पर कसी तानी में वल्कल-वस्त्र बुन रही थी। शकुन्तला ने अपने पोष्य मृग शावक से पीठ लगा कर बैठा, अपने दूध के दाँतों से तृणों को शनैः-शनैः चबाने और रोमन्थ का अभ्यास कर रह था।

प्रियंवदा बुनाई पर झुकी हुई थी। वह समीप बैठी शकुन्तला से वार्ता करती जा रही थी और उससे बुनाई के विषय में सुझाव ले लेती थी। प्रियंवदा ने बुनाई के विषय में शकुन्तला से कुछ जानना चाहा। अपने प्रश्न का उत्तर न पाकर प्रियंवदा ने अनुरोध किया–"दीदी, बता दो न।"

प्रियंवदा ने पुनः उत्तर न पा शकुन्तला की ओर घूम कर देखा। शकुन्तला तकली से निकलते सूत में दृष्टि गड़ायें सूत की पिण्डी को घुमाती जा रही थी। प्रियंवदा को सखी की तन्मयता से विस्मय हुआ। शकुन्तला का एक पांव उसकी ओर था। प्रियंवदा ने विनोद के लिए शकुन्तला के अपनी ओर मुड़े हुये तलवे में उंगली से गुदगुदा दिया।

शकुन्तला ने प्रियंवदा की ओर देख कर खिन्नता प्रकट की–"आह, क्या करती है?"

"कितनी बार पूछा है, तुम्हारा ध्यान कहाँ है! तुम सुनती क्यों नहीं?" प्रियंवदा ने प्रश्न किया और शकुन्तला के तलवे को पुनः गुदगुदा दिया।

शकुन्तला ने अपना पांव समेट कर उत्तर दिया–"आह, सुनती तो हूँ, देखती नहीं वातास के कारण कितना कोलाहल है।"

"नहीं, तुम आज प्रातः से ही, नहीं-नहीं कल सन्ध्या से ही अनमनी हो।" प्रियंवदा ने आग्रह किया–"तात तुम्हारे यौवन से अन्यमनस्क चित्त की शान्ति के लिये ही तो तीर्थयात्रा के मिस तुम्हारे लिए क्षत्रिय-वर खोजने गये हैं।" प्रियंवदा ने पुनः शकुन्तला की पिंडली पर चिकोटी काट ली, "तुमने अपना ध्यान कल सन्ध्या उस क्षत्रिय-राजपुरुष में लगा लिया है न?"

शकुन्तला की जंघा के आश्रय बैठा हुआ मृग-शावक चौंक पड़ा और शकुन्तला की गोद में छिपने का यत्न करने लगा। शकुन्तला ने अपना हाथ शावक पर रखकर पूछा–"क्यों डर रहा है? क्या विडाल आ गया?" शकुन्तला के नेत्र मृगशावक को डराने वाले विडाल के लिए वाटिका के द्वार की ओर उठे तो उसके हाथों से तकली और सूत की पिण्डी छूट गयी, रोमांच हो आया। उसने बुनाई पर झुकी हुई प्रियंवदा को कोहनी से ठेल सावधानी का संकेत कर श्वास के स्वर में चेतावनी दी–"उठा···

नागरिक!'' वह मुखमोड़ दोनों हाथों से पीठ पर फैली दीर्घ केशराशि को जूड़े में समेटने लगी।

प्रियंवदा ने शकुन्तला से चेतावनी पाकर वाटिका के द्वार की ओर देखा। सिहरन की अनुभूति से उसके मुख से निकल गया–''आह!'' वह भी मुख मोड़ दोनों हाथों से अपनी केशराशि को जूड़े में बांधने लगी।

दुष्यन्त वाटिका द्वार से प्रवेश कर कुंज की ओर ही देख रहा था। वह अभिवादन का संकेत कर बोला–''आश्रमवासियों के विश्राम में विघ्न न हो तो दर्शनार्थी नागरिक को प्रवेश की अनुमति दें।''

कुमारियों ने अभ्यर्थना की मुद्रा से निवेदन किया–''आर्य पधारने की कृपा करें।''

शकुन्तला ने प्रियंवदा की ओर देखा–''आर्य के लिए छाजन में आसन रख कर जल तथा पादुका प्रस्तुत करो।''

दुष्यंत ने विनय प्रकट किया–''भद्रे चिंता न करें।'' उसने कुंज में बिछी मादुर की ओर संकेत किया–''आखेटक के लिए यह आसन पर्याप्त है। जल की आवश्यकता होने पर निवेदन करूँगा। भद्रे अनुमति दें तो नागरिक दो पल यहाँ ही बैठे।''

दुष्यन्त निस्संकोच मादुर पर बैठ गया। उसने शकुन्तला और प्रियंवदा को संबोधन किया–''भद्रे भी समीप बैठ कर नागरिक को कृतार्थ करें।''

शकुन्तला और प्रियंवदा अतिथि के अनुरोध पर ससंकोच उसके समीप बैठ गयीं। शकुन्तला का मृगशावक अपरिचित के आगमन से अशंकित हो उछल कर कुंज से भाग गया था। वह पुनः शकुन्तला के अंक में आ गया। शकुन्तला ने शावक के आश्वासन के लिए अपना हाथ उसकी पीठ पर रख लिया।

दुष्यंत ने मुस्कान से मृगशावक की ओर संकेत किया–''यह भाग्यशाली शावक भद्रे के अंक में स्थान पाकर दूसरों के मन में ईर्ष्या जगाता है।''

शकुन्तला की ग्रीवा झुक गयी और कपोलों पर लाज की अरुणिमा आ गयी।

प्रियंवदा शकुन्तला की सहायता के लिए बोली–''आर्य, इस शावक के जन्म के पश्चात् शीघ्र ही इसकी माता को व्याघ्र ने मार दिया था। जीजा शारंगरव करुणार्द्र हो इसे उठा लाये थे। तब से शकुन्तला ने ही इसे पाला है। यह अपनी पोषिका माता को पल भर के लिए नहीं छोड़ना चाहता।''

शकुन्तला बोली–''आर्य, इस समय आश्रम में अतिथि के सत्कार के लिये गुरुजन नहीं हैं। माता गौतमी और भाभी अनुसूया ऋषि चित्रांक के आश्रम से संवाद पाकर वहां गयी है। आर्य अनुमति दें तो समीप वन-ज्योत्सना गुल्म में जीजा शारंगरव और भैया शारद्वत को आर्य के आगमन का समाचार दे दिया जाये।''

प्रियंवदा जाने के लिए उठने को हुई। दुष्यन्त उसे बैठे रहने का संकेत कर बोला–''भद्रे, नागरिक को असमय आगमन के लिए क्षमा करें। तपस्वियों के मध्यान्ह विश्राम में विघ्न उचित नहीं।'' और उसने प्रियंवदा से पूछ लिया, ''क्या भद्रे सहोदरा है?''

''प्रियंवदा ने उत्तर दिया–''आर्य, सहोदरा न होने पर भी हम दोनों में सहोदराओं की भाँति स्नेह है। मैं वर्धन नगर की ब्राह्मण कन्या हूँ। शकुन्तला तात कण्व और माता गौतमी की क्षत्रिय कन्या है।''

दुष्यन्त ने संकोच से सिर झुकाये शकुन्तला को, अंक में सिर रखे मृगशावक को सहलाते देखकर प्रियंवदा से ही प्रश्न किया–"भद्रे विरोधाभास को स्पष्ट करें। ब्राह्मण ऋषि की क्षत्रिय कन्या कैसे?"

प्रियंवदा ने तनिक झिझक कर उत्तर दिया–"आर्य, तात और माता गौतमी शकुन्तला को सदा स्नेह से अपनी क्षत्रिय कन्या पुकारते हैं। यह एक क्षत्रिय राजर्षि की सन्तान है। तात और माता की इच्छा इसे क्षत्रिय वंशोद्भव रजोगुणी वर को सौंपने की है।"

शकुन्तला ने प्रियंवदा की वाचालता के प्रति वर्जना के लिये अपने आयत लोचन के कोने से उसकी ओर देखा। अपने विवाह के प्रसंग के कारण शकुन्तला की ग्रीवा संकोच से अधिक झुक गयी थी और कपोल कानों तक आरक्त हो गये थे।

दुष्यन्त प्रियंवदा की बात से उत्साह और शकुन्तला की भंगिमा से रोमांच अनुभव कर पुलकित स्वर में बोला–"तपोधन ऋषि कण्व परमज्ञानी हैं। ज्ञानी ऋषि अतीत और भविष्य के विचार से जो उचित समझते हैं, वही श्रेय होगा। भद्रे के पाणिग्रहण का सौभाग्य पाने वाले क्षत्रिय से देवता भी स्पर्धा करेंगे।"

शकुन्तला का शरीर रोम हर्ष से कण्टकित हो गया। अपनी लाज और पुलक छिपाने के लिए वह उठ जाने के उपक्रम में मृगशावक से बोली–"अब तो तेरा भय समाप्त हो गया। जिन बाहुओं के वन में राजसिंह और गजपति आतंकित हैं उनकी रक्षा पाकर तुझे क्या भय। जरा हट मैं अतिथि के लिए जल ले आऊँ और शारंगरव भैया को अतिथि के आगमन का समाचार दूँ।"

दुष्यन्त बोल पड़ा–"भद्रे, मेरे कारण इस अबोध का मन न दुखायें। मैं और यह, हम दोनों ही भद्रे की संगति और सामीप्य से सन्तुष्ट हैं।"

शकुन्तला लाज और संकोच से सिमट गयी और उसने ग्रीवा झुका दुष्यंत की ओर विनय के कटाक्ष से कृतज्ञता प्रकट कर नेत्र झुका लिए।

प्रियंवदा नागरिक की चातुर्यपूर्ण वार्ता और सखी के लाज भरे व्यवहार से रस अनुभव कर किलक कर उठ खड़ी हुई। वह कुटिया की ओर कदम बढ़ाती हुई बोली–"दीदी, तुम अतिथि के समीप रहो। मैं जीजा को समाचार देकर अतिथि के लिए जल तथा पादुका लिये आती हूँ।"

शकुन्तला ने नागरिक की संगति में एकाकी रह जाने की लाज भरी आशंका से सिहरन अनुभव की–"नहीं-नहीं प्रियंवदे, तुम आर्य के समीप बैठो, मैं जीजा और भैया को समाचार देकर जल ले आती हूँ।"

प्रियंवदा शकुन्तला की बात अनसुनी कर द्रुतगति से कुटिया की ओर चली गयी।

दुष्यन्त ने एकान्त पाकर शकुन्तला से पूछ लिया–"भद्रे, क्या इस क्षत्रिय के सामीप्य से विरक्ति अथवा आशंका अनुभव करती है?"

शकुन्तला को ध्यान आया, लाज और संकोच के प्राबल्य में उसकी उठ जाने की इच्छा प्रकट हो जाने से अतिथि के प्रति अविनय हो गया। उसने क्षमा याचना के लिए लाज से झुके नेत्र अतिथि की ओर उठा कर विनय से कहा–"नहीं आर्य, आश्रमवासी आर्य के आगमन से उपकृत हैं।"

दुष्यंत ने अवसर के अनुकूल समझ कर कहा–"भद्रे, गत संध्या यह क्षत्रिय कुमारी के दर्शन का प्रभाव मन में ले गया था और सम्पूर्ण रात्रि उसी ध्यान में व्याकुल रहा। आज उसी प्रभाव से भद्रे के पुनः दर्शन और सामीप्य की कामना से अधीर हो, वह भद्रे से प्रणय-याचना के लिए उपस्थित हुआ है।" दुष्यन्त ने अपना वाम बाहु आलिंगन के प्रयोजन से शकुन्तला की पीठ से पीछे बढ़ा दिया–"भद्रे प्रणय-प्रार्थी का आवेदन स्वीकार कर उसके हृदय की प्रेम-ज्वाला को शान्त करें।"

शकुन्तला अनौचित्य की आशंका में अतिथि से हाथ भर दूर हट गयी और दोनों हाथों से अतिथि को अंतर पर रहने का संकेत किया। उसका स्वर आर्द्र हो गया–"नहीं आर्य, तपोवन की कुमारियों के लिए विवाह से पूर्व ऐसा भाव-व्यवहार तथा पुरुष का आलिंगन निषिद्ध है।"

दुष्यन्त ने अपनी बाहु पीछे हटाकर कहा–"भद्रे, यह नागरिक विवाह कामना से ही कुमारी के प्रणय और पाणि का प्रार्थी है।"

शकुन्तला ने अपने हाथों की अंगुलियों को परस्पर उलझा कर संकोच से निवेदन किया–"आर्य, यह कुमारी तात और माता गौतमी के आदेश और अनुमति की अनुगत है।"

प्रियंवदा जल भरा कमण्डल और खड़ाऊँ लेकर कुंज में लौटी। शकुन्तला की अवस्था से उसे विस्मय और कौतूहल हुआ। उसने ध्यान से देखा, शकुन्तला का मुख आरक्त था, और मस्तक, नासा और कंठ पर स्वेद कण छलक आये थे। स्वेद की बूंदें कानों के समीप से बह कर वक्ष पर टपक गयी थीं। कंचुकी के नीचे त्रिवली पर भी स्वेद छलक आया था। प्रियंवदा ने खड़ाऊँ दुष्यन्त के सम्मुख रख दिये और समीप पुष्प-वीथी की ओर संकेत कर निवेदन किया–"आर्य इस वीथी के समीप होकर हस्त-पाद प्रक्षालन के लिए जल ग्रहण करें।"

दुष्यन्त पाँवों में बँधे हुए मृगया के पादत्राण खोल रहा था। प्रियंवदा ने शकुन्तला के कान के समीप मुख कर धीरे से कहा–"तुम सहसा ऊष्मा क्यों अनुभव कर रही हो? जाओ, शीतल जल से मुख धो लो।"

शकुन्तला मन को स्थिर कर सकने के लिए कुटिया की ओर चली गयी।

प्रियंवदा दुष्यन्त को जल दे रही थी तो षारंगरव और शारद्वत भी आ गये। दोनों ने नागरिक के पुनः दर्शन के लिए प्रसन्नता प्रकट कर उसकी अभ्यर्थना की। दुष्यन्त को पुनः कुंज में बैठाकर शारंगरव ने शारद्वत से कहा–"गत संध्या आर्य का विलम्ब से असुविधा होने की आशंका के कारण आर्य के सत्कार का संतोष नहीं पा सके। हमारे सौभाग्य से आर्य ने पुनः दर्शन दिये हैं। तात की कुटिया के कोने में पिटक के समीप पात्र में सोम की पत्ती है। यत्न से पीसना! शकुन्तला से मधु तथा कूष्मांड के बीज ले लो।"

शारंगरव दुष्यंत के समीप बैठ हस्तिनापुर, अयोध्या, साकेत आदि नगरों के समाचार पूछने लगा। उसे ज्ञानार्जन के लिए कण्व ऋषि के आश्रम में सपत्नीक निवास करते नौ वर्ष हो गये थे। इस दीर्घ समय में वह कभी नगरों की ओर नहीं गया था। आश्रम में ब्रह्मचर्य के नियमों के अनुसार ज्ञानार्जन कर रहा था।

दुष्यन्त ने शारद्वत द्वारा पलास पत्र के दोने में प्रस्तुत मधु मिश्रित सोमरस का पान किया। मुखशुद्धि के लिए, तपोवन में ताम्बूल के पर्याय, वच का एक अंश मुख में ले लिया। शारंगरव से वार्त्तालाप में उसने आश्रम की संपूर्ण स्थिति और व्यवस्था जान ली। ऋषि कण्व की अनुपस्थिति में शारंगरव ही आश्रम का अभिभावक था। दुष्यन्त ने अपना परिचय हस्तिनापुर वासी क्षत्रिय राजपुरुष के रूप में दिया और शकुन्तला के पाणि-प्रार्थना का प्रस्ताव उसके सम्मुख निवेदन किया।

शारंगरव ने दुष्यन्त का प्रस्ताव शांति से सुना और अपने श्मश्रु में उंगली से खुजलाकर उत्तर दिया–"आर्य ऐसे प्रसंग में तात और माता गौतमी द्वारा ही निश्चय उचित होगा। आज प्रातः प्राप्त समाचार के अनुसार पुष्कर तीर्थ से तात के प्रत्यागमन की आशा चार दिन पश्चात् पूर्णिमा की संध्या तक है परन्तु माता गौतमी चतुर्थ प्रहर से पूर्व ही चित्रांक ऋषि के आश्रम से आ जायेंगी। आर्य अपना मनोरथ उनके सम्मुख निवेदन करें।"

गौतमी और अनुसूया चौथे प्रहर आश्रम में लौटीं। उन्होंने प्रियंवदा और शकुन्तला से गत संध्या के नागरिक अतिथि के पुनरागमन का समाचार पाया। शारंगरव ने गौतमी को कुटिया के भीतर ले जाकर शकुन्तला के सम्बन्ध में नागरिक के प्रस्ताव से अवगत कर दिया।

वृद्धा गौतमी अपनी स्नेहपालिता पुत्री शकुन्तला को सदा अपनी वत्सल चिन्ता के डैनों से ढके रहती थीं, जैसे माता-पक्षी अपने किशोर शावक को अपने डैनों में समेटे रहती है। शारंगरव से प्रौढ़ नागरिक का मनोरथ जानकर तथा दूसरे दिन भी उसके आ बैठने की धृष्ठता से वृद्धा ने आशंका अनुभव की परन्तु अतिथि के प्रति अविनय न करने के लिए वृद्धा ने नागरिक के समीप जाकर उसकी बात सुनी और उसके प्रस्ताव पर विस्मय प्रकट किया–"आह आर्य, देखने में बेटी का शरीर वयस्क लगता है। वह पावस की लता की तरह बढ़ गयी है, परन्तु है अभी अबोध बालिका ही। वह सम्पन्न गृहस्थ का भार सम्भालने योग्य नहीं है।" वृद्धा ने प्रसंग समाप्त करने के लिए कह दिया, "ऋषिवर शकुन्तला को हृदय के अंश की तरह मानते हैं। बिटिया उनकी आँखों की पुत्तलिका है। उसके विषय में वे स्वयं ही निर्णय करेंगे।"

गौतमी ने नागरिक को आश्रम के कार्य की व्यस्तता का संकेत करने के लिए कुटिया की ओर मुख करके पुकार लिया–"अनुसूये, बालिकायें क्या कर रही हैं? सूर्य ढल रहा है, क्या वाटिका नहीं सींचेंगी? तुम्हें संध्या आहार के लिए सिंघाड़े कूटने हैं।"

दुष्यंत आश्रम से लौटने लगा तो अनुसूया, शारद्वत, प्रियंवदा उसकी विदाई की अभ्यर्थना के लिए वाटिका में आ गये। शकुन्तला भी आयी। दुष्यंत ने आश्रमवासियों को विदाई का प्रणाम किया तो उसने शकुन्तला की दृष्टि को अपनी ओर पाया।

शकुन्तला ने भी अनुभव किया, नागरिक की दृष्टि विशेषतः उसकी ओर थी, गूढ़ अभिप्राय लिये।

संध्या कर्मकांड और आहार के पश्चात् गौतमी ने शकुन्तला, प्रियंवदा, अनुसूया और शारद्वत को समीप बैठाकर नित्य-अभ्यास के अनुसार शारंगरव से पौराणिक कथायें सुनीं। कुटिया में शयन के लिए अपनी मादुर पर लेटी तो उसने निन्द्रा से पूर्व अंग-सेवा के लिए

शकुन्तला को पुकार लिया। शकुन्तला तेल से वृद्धा की पिंडलियों का मर्दन कर रही थी तो गौतमी ने उसे सिरहाने आकर तनिक कंधे दबा देने के लिए कहा और उससे धीमे स्वर में प्रश्न किया–"वत्से, वह धृष्ट अहेरी कुंज में तेरे समीप आ बैठा था। तुझसे उसने क्या-क्या कहा?"

शकुन्तला ने गौतमी का कंधा दबाते हुए उसके कान पर झुक कर संकोच से अस्फुट स्वर में उत्तर दिया–"माते, आर्य ने विवाह की इच्छा प्रकट की थी।"

गौतमी ने आतंक का निश्वास लिया–"हा दैव!" और पूछा, "वत्से, तूने उस धृष्ट को क्या उत्तर दिया?"

शकुन्तला ने लजाकर कहा–"अम्मे, कह दिया था मैं नहीं जानती, तात और माता ही निर्णय करेंगे।"

गौतमी आश्वासन पाकर बोली–"उचित उत्तर दिया वत्से! जाने कौन है। अज्ञात-कुलशील अहेरी, प्रौढ़ वय है।"

शकुन्तला द्विविधा में मौन रही फिर स्वर को संयत कर बोली–"जीजा को हस्तिनापुर का श्रेष्ठ कुलोद्भव क्षत्रिय राजपुरुष कहकर अपना परिचय दिया था।" गौतमी का स्वर धीमा होने पर भी उसमें खिन्नता आ गयी, "यह श्रेष्ठ कुलोद्भव के लक्षण हैं! श्रेष्ठ कुलोद्भव वनों में आखेट करते हैं कि आश्रमों में! तपोवन को कन्याओं के प्रति सद्‌गृहस्थों का ऐसा भाव होता!"

शकुन्तला मौन वृद्धा के कंधों, पीठ और पिंडलियों का मर्दन करती रही। वृद्धा के निद्रागद हो जाने पर वह प्रियंवदा के समीप मादुर पर जा लेटी। अपना सिर दोनों बाँहों में ले पलकें मूँद लीं परन्तु निद्रा उसके अशांत मन से बहुत दूर थी।

दुष्यंत दूसरी संध्या कण्व ऋषि के आश्रम से मित्तल ग्राम के शिविर में लौटा तो उसका मन आश्रम-कन्या शकुन्तला के आकर्षण से दूना व्याकुल था। उसे न मद्यपान में, न भोजन में, न ग्राम-प्रमुखों द्वारा आयोजित मेषयुद्ध में, न यायावर गायक-गायिकाओं के संगीत और नृत्य में रस अनुभव हुआ। वह अपने अन्तरंग मित्र विदूषक से अपनी मानसिक उद्विग्नता गुप्त न रख सका।

विदूषक ने तत्परता से कहा–"अन्नदाता, सेवक ने तो कल सन्ध्या ही निवेदन किया था, सामर्थ्यवान और पराक्रमी को क्लीव की भाँति, कामना से व्याकुल होना शोभा नहीं देता। कामना-तृप्ति का सामर्थ्य ही शौर्य है। जिस महाप्रतापी के बाहुबल ने आज प्रातः ही मत्त वनदन्तियों के समूह का शुष्क पत्रों की भाँति मर्दन कर डाला उस महापराक्रमी के दीर्घ बाहुओं के लिए तपोवन की तन्वंगी अप्राप्य होगी! सेवक केवल संकेत की प्रतीक्षा में है। घड़ी भर में ही महाप्रतापी के अनुराग का सौभाग्य पाने वाली तन्वंगी महाराज के अंक में आश्रय पाकर कृतकृत्य होगी।"

दुष्यन्त ने ग्रीवा से निषेध का संकेत किया–"मूर्ख, बाहुबल का सामर्थ्य केवल शरीर को वश कर सकता है। वशीभूत ऐसे सामर्थ्यवान से द्वेष तथा घृणा करता है। अनिच्छुक नारी को बल से प्राप्त कर लेने पर वह रमणी नहीं रहती केवल नारी का सप्राण शव मात्र हो जाती है। रमणी की संगति का रस, उसका भावोद्वेलित मन प्राप्त करने में है। शरीर तो मन रूपी मद्य के रसास्वादन का साधन चशक मात्र है। सौन्दर्य को स्नेह तथा आदर

से प्राप्त करके ही भोगा जा सकता है। अनादृत तथा असंतुष्ट सौन्दर्य को भोगने वाला सन्तोष नहीं, विरक्ति ही अनुभव करेगा।''

दुष्यन्त ने सम्पूर्ण रात्रि शकुन्तला की कामना में, उसे पा सकने का उपाय सोचने में बिता दी।

आगामी प्रातः दुष्यंत को यूथप रैवतक से समाचार मिला कि रात्रि में राजधानी से राजमाता का विश्वस्त कंचुकी करभक विशेष संवाद लेकर आया था। राजा की अनुमति से करभक ने सेवा में उपस्थित होकर निवेदन किया–''राजमाता पूर्णिमा की संध्या अपने व्रत का पारायण कर रही हैं। उनकी इच्छा है कि महाराज तुरन्त राजधानी लौटें तथा व्रत के पारायण में उपस्थित होकर राजमाता का आशीर्वाद ग्रहण करें? महारानी लक्षणा का भी आवेदन था, महाराज उन्हें दर्शन देने के लिए प्रवास से तुरन्त लौटकर स्वयं महारानी के मुख से गोप्य संवाद सुनें।''

शकुन्तला को पा सकने की चिन्ता और प्रयत्न में दुष्यंत को हस्तिनापुर से प्राप्त संवाद अप्रिय लगा। उसने रात्रि में निश्चय किया था–पूर्णिमा के दिवस ऋषि कण्व आश्रम में प्रत्यागमन करेंगे। वह कृष्ण पक्ष की प्रथमा के अपरान्ह आश्रम में उपस्थित होकर उनके दर्शन का पुण्यलाभ कर अपनी कामना की पूर्ति का उपाय करेगा।

दुष्यंत ने विदूषक को समीप बुलाकर रहस्य के स्वर में आदेश दिया–''सखे माधव्य, कठिन समय में सहायता करो। इस शुक्ल पक्ष में हमने आखेट-क्रीड़ा में अनेक पशु-पक्षियों का संहार किया है। हमने गत रात्रि निद्रा से पूर्व संकल्प किया है, इस पक्ष के समाप्त होने पर कृष्णपक्ष की प्रथमा के मध्याह्न के पूर्व ही देवताओं को तुष्ट करने में सफल, तपोधन महर्षि कण्व से हिंसा के पापमोचन का आशीर्वाद प्राप्त करना होगा। माता के व्रत-पारायण में उपस्थित होने के लिए राजधानी लौट जाने से यह पुण्य संकल्प अपूर्ण रहेगा। मित्र जानते हो, पुण्य कार्य का संकल्प कर उसे पूर्ण न करने से पातक होता है।''

विदूषक ने राजा के अनुमोदन में दोनों हाथ जोड़ कर गम्भीर स्वर में निवेदन किया–''धर्मावतार, निश्चय ही तपोधन ऋषियों के आशीर्वाद प्राप्ति के पुण्य संकल्प की उपेक्षा से पाप होगा। धर्म भीरु प्रतापी के हृदय को पाप की आशंका ही व्याकुल करती है। अन्नदाता, पाप का भय ही पुण्य का मार्ग है। धर्मावतार ने ऋषि दर्शन का जो पुण्य संकल्प किया है, उसकी पूर्ति में यदि बाधा आये तो विवरण के लिये सेवक के प्राण उपस्थित हैं।''

दुष्यन्त विदूषक की व्यंजना से मुस्कराकर बोला–''संकट में सहायक हो सो ही मित्र! तुम मेरे घनिष्ठ मित्र तथा बाल-सखा हो। राजमाता को हम दोनों में अन्तर अनुभव नहीं होना चाहिये। यह तुम्हारे चातुर्य तथा वाक्पटुता की परीक्षा का अवसर है। माता को मेरे धर्मसंकट की स्थिति का विश्वास दिलाकर तथा मेरे स्थानापन्न हो, माता का आशीष ग्रहण कर उन्हें संतुष्ट करना होगा। उसके संकल्प के कारण मेरे धर्मसंकट की स्थिति से रानी लक्षणा का भी समाधान करना होगा। मित्र, तुम्हारा प्रयत्न-निष्फल भी नहीं होगा। मेरे भाग के मिष्ठान्न भी तो तुम्हीं पाओगे। आखेट में तुम्हें रुचि नहीं। मेरे साथ वनों में भटक-भटक कर दुबलाते जा रहे हो! राजधानी लौटकर व्रत के पारायण के अनुष्ठान में भाग लो। उत्सव में यथेष्ट व्यंजनों और सुवासित मदिरा का भोग करो परन्तु ध्यान रहे,

असावधानी में अथवा मदाधिक्य के उन्माद में तपोवन के चामत्कारिक लावण्य का प्रलाप न करने लगना। राजधानी में लौटकर विश्राम तथा आनन्द करो परन्तु अपने उत्तरदायित्व के प्रति सावधान रहना।''

दुष्यन्त ने अनुमान कर लिया था कि गौतमी और शारंगरव ने उसे सामान्य नागरिक अथवा साधारण राजपुरुष समझा था इसलिए उन्होंने आश्रमवासी कुमारी के पाणिग्रहण के लिये उसके प्रस्ताव की अवज्ञा कर दी थी। आश्रमवासी उसका वास्तविक परिचय पाकर ऐसा व्यवहार न करते परन्तु यह भी आशंका थी कि ऋषि-आश्रम में अंगरक्षकों अथवा सैनिकों का दल लेकर, राजसी परिवेश में जाने से सम्पूर्ण तपोवन में और समीपवर्ती ग्रामों में भी संवाद फैल जायेगा। यदि वह ऋषि कण्व के आश्रम में साधारण अहेरी के वेश में जाकर अपना वास्तविक परिचय दे तो आश्रमवासी उसका विश्वास करें, न करें! अविश्वास और विडम्बना से हंस ही दें। यदि विश्वास कर लें तो महर्षि कण्व की अनुपस्थिति में राज्यातंक से स्तब्ध ही हो जायें। अन्ततः उत्तर तो मिलेगा। आश्रम कन्या के सम्बन्ध में ऋषिवर ही निर्णय करेंगे।

दुष्यन्त ने गौतमी और शारंगरव से सुना था, आश्रम में ऋषि का प्रत्यागमन पूर्णिमा को होगा। उसने निश्चय किया, ऋषि के आगमन से पूर्व आश्रम में जाना निष्फल ही नहीं अपितु वृद्धा और शारंगरव के लिए विरक्ति का तथा भीरु शकुन्तला के लिए विकलता का कारण हो सकता है। वह आखेट तथा यमुना तटवर्ती प्रदेशों की अवस्था देखने के लिए दक्षिण-पूर्व दिशा में यमुना तट तक चला गया। तीसरे दिन राजा ने यमुना तट से उत्तर दिशा की ओर यात्रा की और यमुना के खादर में वराहों का आखेट किया। पूर्णिमा की पुण्य तिथि में राजा ने आखेट नहीं किया तथा यमुना तट से सम्पूर्ण दिवस यात्रा कर उसने रात्रि मित्तल ग्राम के शिविर में व्यतीत की।

× × ×

गौतमी और अनुसूया गत मध्यान्होपरान्त, प्रातः देवोपचार तथा संध्या कर्मकाण्ड के समय से ही शकुन्तला के व्यवहार में अन्यमनस्कता का भाव तथा शिथिलता अनुभव कर रही थीं। अनुभवी वृद्धा तथा चतुर युवती ने युवा कुमारी की अन्यमनस्कता को गत दिवस की अप्रिय घटनाओं का स्वाभाविक प्रभाव अनुमान किया। वे उसे अप्रिय चिन्ता में डूबने का अवसर न देने अथवा उसे बहलाये रखने के लिये किसी न किसी कार्य का संकेत कर देती थीं। अनुसूया शकुन्तला के समीप आ जाती और कोई प्रसंग आरम्भ कर देती। प्रसंग में नगरों के व्यसनी जीवन तथा उच्छृंखल गृहस्थों के व्यवहारों के प्रति व्यंजना से वितृष्णा प्रकट करने लगती।

शकुन्तला को सभी प्रकार के वार्त्तालाप और संगति से विरक्ति अनुभव हो रही थी। उसे कुछ भी सुनने में रुचि न थी। बार-बार उत्तर देने की विवशता से वह खिन्नता अनुभव कर रही थी। उसका मन चाहता था, उसे जो भी कार्य करना है—एकान्त में मौन रह कर करने दिया जाये।

पूर्वान्ह के आहार के पश्चात् प्रियंवदा माधवी कुंज में जाकर वल्कल वस्त्र बुनने लगी थी। शकुन्तला एकान्त की इच्छा से कुटिया में ही बैठ कर तकली पर वल्कल तन्तु बना रही थी। अनुसूया उसके समीप आ गयी थी और हविष तथा सोमरस में प्रयोग के लिए कूष्माण्ड के बीज छीलती हुई वार्त्तालाप कर रही थी। वह छिले और अनछिले बीजों को

पृथक्-पृथक् समेटते हुये बोली–"कुन्ते, अब यहाँ ऊष्मा हो गयी है, तकली और वल्कल रोम कुंज में ही ले चलो। हम दोनों भी वहीं शीतल पवन में बैठेंगे।"

शकुन्तला ने उत्तर दिया–"भाभी, मुझे ऊष्मा अनुभव नहीं हो रही है। तुम कुंज में चलो।" उसने समीप पड़े थोड़े से वल्कल रोम की ओर संकेत किया, "मैं इतना समाप्त करके आ जाऊँगी।"

अनुसूया उठते-उठते फिर बैठ गयी–"अच्छा, तू इसे समाप्त कर ले तब तक मैं यहीं बैठी हूँ!" और वह नागरिकों के छली व्यवहार के उदाहरण का दूसरा प्रसंग सुनाने लगी।

शकुन्तला के सम्मुख पड़ा वल्कल रोम तकली में चढ़े तंतु का रूप लेकर पिण्डी में सिमिट गया। वह सहसा उठ खड़ी हुई–"भाभी, कातने को रोम तो शेष नहीं रहा। वल्कल पांच दिन से जल में पड़ा है, मैं उसे कूट लूं।"

शकुन्तला कूप के समीप हरसिंगार की छाया में बैठ, भीगा हुआ वल्कल शिला पर रख कर काठ के मुग्दल से कूटने लगी।

अनुसूया ने विस्मय के स्वर में आपत्ति की–"आह, बालिके ऐसे घाम में! रोम के अभाव में कौन संकट आ रहा है? इस समय रहने दे, संध्या अथवा कल प्रातः मैं ही कूट लूँगी।"

शकुन्तला बोली–"अभी थोड़ा सा कूट लेती हूँ। यहाँ पर वृक्ष की सघन छाया है।" वह अनुसूया के सस्नेह वर्जन की उपेक्षा कर वल्कल कूटती रही। अनुसूया कुटिया के एकान्त में मध्याह्न तन्द्रा के आलस्य से मादुर पर लेट गयी और निन्द्रागत हो गयी।

सूर्य मध्याकाश को लांघ कर पश्चिम की ओर बढ़ रहा था। हरसिंगार की छाया पूर्व की ओर हटती जा रही थी। शकुन्तला पर घाम आ गयी परन्तु वह वल्कल कूटती रही। वह मन की अशान्ति को वश में करने के लिये हाथों को वेग से चलाये जा रही थी। उसे वल्कल कूटते-कूटते एक पहर बीत गया। कुंज में वल्कल-वस्त्र की बुनाई में व्यस्त प्रियंवदा तृषा अनुभव कर जल के लिए कुटिया की ओर आयी। वल्कल कूटे जाने के धम-धम शब्द से उसका ध्यान कूप के समीप शकुन्तला की ओर गया। शकुन्तला ने वल्कल कूट-कूट कर रोम का ढेर लगा दिया था और पूरी शक्ति से वल्कल कूटे जा रही थी।

प्रियंवदा ने पुकारा–"हा दीदी, इन घाम में क्या कर रही हो? पर्याप्त हो गया, अब छोड़ो इसे!"

शकुन्तला ने उत्तर दिया–"अब तनिक ही तो रह गया है। तुम चलो, इसे समाप्त करके आती हूँ।" और वह वल्कल कूटती रही।

प्रियंवदा जल पी कर पुनः कुंज में लौट वल्कल वस्त्र की बुनाई में व्यस्त हो गयी। शकुन्तला ने तीन दिन में कूटा-जाने योग्य सम्पूर्ण वल्कल कूट कर रोम बना लिया था। कूप से जल के कलश खींचकर, रोम को जल से स्वच्छ किया और उसे वाटिका में बंधी अलगनियों पर सूखने के लिए डाल दिया। घाम में कठिन श्रम से उसका शरीर आरक्त और स्वेद से लथपथ हो गया था।

चौथे पहर घाम ढल जाने पर गौतमी और अनुसूया वाटिका में निकली तो शकुन्तला कूप से जल कलश खींच कर स्नान कर रही थी। गौतमी ने अलगनियों पर लटकते वल्कल-रोम की मात्रा और स्नान करती शकुन्तला के गौर शरीर पर ताम्र वर्ण देखकर

स्थिति का अनुमान कर लिया और वत्सल चिंता के आक्रोश से भर्त्सना के लिए बोली–"हा देव! मूर्ख तू उतनी घाम में क्या करती रही है! क्या आवश्यकता थी इसकी! और उत्तप्त शरीर की अवस्था में शीतल जल से स्नान! ऐसी मूढ़ता? देव वृद्धा को ही समेटे…"

शकुन्ला ने कहा–"नहीं अम्मे, भीगा हुआ वल्कल सड़ने लगा था। शरीर वल्कल के छींटों और स्वेद से भर गया था। गन्ध अनुभव हो रही थी।"

अनुसूया ने भी असन्तोष प्रकट किया–"कुन्ते, यह कैसा हठ है। किसी की नहीं सुनती हो। वत्से, मैंने तुझे घाम में श्रम से वर्जा नहीं था! स्नान के लिए क्या व्यग्रता थी! जानती नहीं, रक्त क्वणित हो जाता है।"

शकुन्तला धीमे स्वर में बोली–"भाभी, व्यर्थ ही चिन्ता करती हो! मन में सोचा, मर जाऊँ तो सबसे अच्छा हो।"

शकुन्तला संध्या समय भी अन्यमनस्क तथा मौन रह कर आश्रम के कर्मकांड में यन्त्रवत सहयोग दे रही थी। संध्या होम के पश्चात् गौतमी ने उसकी ओर ध्यान से देख कर शंका की–"वत्से, तेरे नेत्र और मुख आरक्त क्यों हैं?"

अनुसूया शकुन्तला के समीप बैठी थी। वह शकुन्तला की ग्रीवा का स्पर्श कर बोली–"मेरा हाथ टूटे। मेरे हाथ को इसके गात में ताप क्यों अनुभव हो रहा है। हा, मेरी जिह्वा को आग लगे। मेरे मुख से ऐसा शब्द क्यों निकला। मुझे संदेह क्यों हो रहा है!"

गौतमी और अनुसूया ने शकुन्तला की इच्छा न होने पर भी उसे कुटिया में भावर के कोमल मादुर पर लिटा कर ऊनी वस्त्र ओढ़ा दिया। गौतमी के परामर्श से प्रियंवदा ने होम की आहुति का अवशिष्ट, वैश्वानर तथा वरुण के स्पर्श से वर्चस्वी, त्रिदोषनाशक घृत का लेप शकुन्तला के शरीर पर कर दिया। अनुसूया ने उसे तुलसी, पिप्पली और वच का क्वाथ मधु मिलाकर पिलाया।

शकुन्तला, ऊष्मा और स्वेद से असुविधा अनुभव होने पर भी गौतमी के आदेश से ऊन का वस्त्र ओढ़े लेटी थी। अनुसूया और गौतमी का परामर्श था, स्वेद-प्रवाह से शरीर विकार-मुक्त होगा। निद्रा शकुन्तला को शान्ति देगी, इस विचार से गौतमी, अनुसूया और प्रियंवदा उसके समीप से हट गयी थीं। वह नेत्र मूँदे थी परन्तु निद्रा उसके अशान्त मन से अति दूर थी। उद्विग्न मन कल्पना कर रहा था–उस दिन माता ने आर्य से रूखा व्यवहार न किया होता तो कल अथवा आज उनका दर्शन-लाभ हुआ होता।

दूसरे दिन प्रातः शकुन्तला का शरीर रात्रि में प्रभूत स्वेद-प्रवाह से दुर्बल और पीतवर्ण दिखलाई पड़ रहा था जैसे कृष्णपक्ष की द्वितीया के ऊषा काल में पश्चिम क्षितिज पर चन्द्रमा मन्द द्युति जान पड़ता है। अनुसूया को शकुन्तला का शरीर स्पर्श करने पर अब भी ताप अनुभव हुआ। गौतमी ने उसे विश्राम के लिए कुटिया में मादुर पर लेटे रहने का परामर्श दिया। शारंगरव ने होम के पश्चात् उसके कष्ट-शमन के लिए होम-पूत जल का आचमन कराकर शान्ति पाठ किया और मन्त्र-पूत कुशा के कवच उसकी ग्रीवा और बाहुमूल में बाँध दिये।

मध्यान्ह पश्चात् शकुन्तला को कुटिया में ऊष्मा से असुविधा अनुभव हो रही थी परन्तु वृद्धा के आदेश से वह मुक्त वायु में न जाकर भीतर ही लेटी थी। प्रियंवदा उसका मन बहलाने के लिए उसके समीप बैठी थी। उसने शकुन्तला को रहस्य के स्वर में

बताया–"अम्मा को आशंका है, तुम्हारे कष्ट का कारण उच्छृंखल अहेरी की लोलुप कुदृष्टि का प्रभाव है। भाभी कह रही थीं, कामलोलुप व्यसनी पुरुषों की दृष्टि और उनके शरीर की छाया, सरला कुमारियों के लिए अशुभ होती है। तात की अनुपस्थिति में धृष्ट अहेरी की कुदृष्टि के कारण तुम्हारे कष्ट से वे दोनों बहुत चिन्तित हैं। उन्होंने शारंगरव भैया से कहा है–तुम्हारा ज्वर सन्ध्या तक शान्त न हो तो प्रातः ही मालिनी तट से वैद्य सिद्ध सुकण्ठ को लाकर कुदृष्टि का मार्जन करायें और उचित औषध लें।"

शकुन्तला ने दीर्घ निःश्वास लिया–"हूँ!" और प्रियवंदा की बात न सुनने के लिए बायीं ओर करवट लेकर दक्षिण बाहु कान पर रख ली।

तीसरे दिन प्रातः शकुन्तला का शरीर और भी दुर्बल और पीतवर्ण जान पड़ा। उसके विशाल नेत्र ज्वर की ऊष्मा से श्रान्त तथा तन्द्रालसित जान पड़ते थे। शरीर में ज्वर का ताप उसी प्रकार था। प्रातः नित्यकर्म और होम के पश्चात् शारंगरव के आदेश से शारद्वत मालिनी तट से सिद्ध सुकण्ठ को बुला लाया। सुकण्ठ ने शकुन्तला की अवस्था का वृत्तान्त गम्भीरता से सुना और उसकी नाड़ी परीक्षा की।

वैद्य सुकण्ठ ने निदान किया–"कुमारी के शरीर में रक्त के क्वणन से कफ का प्रकोप नहीं, पित्त का प्रकोप है। शरीर में अग्नि के अंश की उग्रता है। कष्ट के शमन के लिए नवग्रह का पूजन किया जाये। उसने शकुन्तला के लिए ऊष्णता-निवारक उपचार का परामर्श दिया। उसने आदेश दिया, अस्वस्थ कुमारी के शरीर पर खस का लेप किया जाये। उसके कण्ठ, बाहु, कटि तथा पांवों में ताप हरण के लिए कमल नाल लपेटे जायं। कुमारी, मालती पुष्पों अथवा कमल-पत्रों की शैया पर विश्राम करे। कमल पत्र का वातास ले। कमल बीज के क्षीर का आहार करे।"

आश्रम के पिछवाड़े वनज्योत्सना का गुल्म, सूर्य की किरणों के लिए अभेद्य होने के कारण सबसे शीतल स्थान था। शारद्वत मालिनी तटवर्ती कुण्डों से बहुत से कमल-पत्र और नाल ले आया। अनुसूया और प्रियंवदा ने वन-ज्योत्सना गुल्म की भूमि को कमल-पत्रों से ढंक कर मालती के पुष्प बिछा दिये। शकुन्तला के शरीर में खस का लेप करके अंगों पर कमल नाल लपेट दिये। उसे कमल-पत्रों और मालती के पुष्पों की शैया पर लिटा दिया। अनुसूया उसे कमल-पत्र से वातास करने लगी परन्तु शकुन्तला के निरन्तर करवटें बदल-बदल कर निःश्वास लेती रहने से स्पष्ट था कि वह सहज अनुभव नहीं कर रही थी।

मध्यान्ह में प्रियंवदा वनज्योस्ना गुल्म में आ गयी। उसने अनुसूया से कहा–"भाभी, अब तुम विश्राम करो। दीदी को वातास मैं करूँगी।" अनुसूया वनज्योत्सना गुल्म से कुटिया में लौटी तो गौतमी ने उससे जिज्ञासा की, "कुन्त की अवस्था कैसी है, स्वस्थ अनुभव कर रही है!"

"अम्मा, उसकी अवस्था तो वैसी ही है।"

अनुसूया ने गौतमी के कान के समीप मुख कर रहस्य के स्वर में कहा–"अम्मे, सिद्ध सुकण्ठ ने नाड़ी परीक्षा से अग्नि के अंश की उग्रता का निदान किया है। यह कामाग्नि की ही उग्रता तो नहीं है। वैद्य ने सब उपचार तो वैसी ही ऊष्णता शमन के बताये हैं।"

गौतमी की भृकुटि उठ गयी–"बालिका के लिए क्या कहती हो तुम! वह जन्म से ही तपोवन में है। उस अबोध ने ऐसा क्या देखा? कब ऐसी संगति और प्रभाव पाया है। मैं उसे नहीं जानती क्या? मेरे इन हाथों में ही तो पली है।"

अनुसूया बोली–"अम्मे का वचन सत्य है परन्तु उसकी आयु और यौवन भी तो है। ऐसे भाव तो स्वाभाविक हैं। उन भावों के लिये प्रभाव और संगति की अपेक्षा कहाँ होती है अम्मे, यह भाव तो यौवन आने पर तपोवन के पशुओं में भी उत्पन्न होकर उन्हें व्याकुल कर देते हैं।"

गौतमी ने असन्तोष से मुँह फेर लिया–"मैं उसे जानती हूँ, मेरे इन हाथों में ही पली है। यह उस दुष्ट अहेरी का कुचक्र है। उसने अवश्य कोई सम्मोहन उच्चाटन किया है। शारंगरव से कहो, किसी अन्य ज्ञानी सिद्ध से शमन कराये कल पूर्णिमा है। उससे तात आकर बेटी की यह अवस्था देखेंगे तो मैं क्या उत्तर दूँगी? हा दैव, यह घड़ी दिखाने के लिए ही मुझे यहाँ बिठाये हुए हो!"

प्रियंवदा को बतरस का व्यसन था। मौन से उसका मन घुटने लगता था। वह वन-ज्योसना गुल्म में अस्वस्थ शकुन्तला से रुचि अथवा उत्सुकता का संकेत न पाकर भी एक के उपरान्त दूसरा प्रसंग सुनाये जा रही थी। मध्यान्ह में वायु की गति बढ़ गयी थी। गुल्म में लताओं के अन्तराल से प्रभूत वायु सुवासित और शीतल होकर आ रहा था। अपने बतरस में तन्मय प्रियंवदा उस ओर ध्यान न दे शकुन्तला के शरीर पर कमल पत्र डुलाये जा रही थी।

शकुन्तला ने प्रियंवदा को ध्यान दिलाया–"सखी, देखो वन का वातास तुम्हारे हाथ के कमल-पत्र को उड़ा रहा है। तुम अपना बाहु निष्फल श्रान्त कर रही हो। तुम भी कुछ समय विश्राम कर लो अथवा अपना वल्कल ही पूर्ण कर लो। मन चाहता है, नेत्र मूंदकर मौन रहूँ। संभव है निद्रा पा सकूँ।"

वन ज्योत्सना गुल्म से प्रियंवदा के चले जाने पर शकुन्तला ने एकान्त पाया। उसके हृदय से संकोच का भार हटा तो हृदय में अवरुद्ध भावना के ताप का धूप निश्वास बन, नासिका और ओठों से मुक्त होने लगा। उसका द्रवित मन अश्रु बनकर नेत्रों से गिर-गिर कर नीचे बिछे कमल पत्रों की शैया पर मुक्ताओं का रूप लेने लगा। उसके व्याकुल मन में क्रन्दन उठा–आर्य अब भी नहीं आये...ऐसा सहृदय क्षत्रिय भी इतना निष्ठुर हो सकता है?

शकुन्तला एकान्त में नेत्र मूंदे आत्मविस्मृत हो गयी। वह कल्पना करने लगी, उसका प्रणय-प्रार्थी सुपुरुष उसके समीप बैठा है और प्रणयाकुल हो उसे अपने बलिष्ठ बाहुओं के आलिंगन में ले लेने के लिए अधीर हो रहा है। वह स्वयं प्रणय-पुलक से रोमांचित होकर भी लाज के मधुर आतंक से सिमटी जा रही है। प्रणयार्थी सुपुरुष उसके संकोच और अन्य आश्रमवासियों के तिरस्कार से क्षुब्ध होकर उससे दूर हटने लगा है। प्रणयी दृष्टि से लोप हो गया तो वह स्वयं उसके बलिष्ठ बाहुओं के आश्रय के लिए व्याकुल हो उठी और पुकारने लगी–"हे आर्य, तुम कहाँ गये! तुम मुझ अबोध की लज्जा और संकोच से कुण्ठित हो गये। अन्य आश्रमवासियों की जो भावना हो, यह दासी तो तुम्हें अर्पित हो चुकी? क्या स्मरण नहीं, तुमने मुझे अपने प्रणयदान और मेरे पाणिग्रहण का वचन दिया है। आर्य, तुम इस दासी का हृदय ले गये और उसे छोड़ चले गये। तुम इस हृदय में प्रेम

की ज्वाला जगा गये। यह दासी उस ज्वाला को अपने अश्रुओं से किस प्रकार बुझाये। हे चतुर अहेरी! आकर देखो, तुमने कैसा प्रणय-आखेट किया है? हे अहेरी, क्या तुमने इस मृगी को केवल मरमान्त पीड़ा से व्याकुल करने के लिए ही सम्मोहन के बाणों से बींधा है? हे हृदय के अहेरी, आओ अपने आखेट को ले जाओ अन्यथा आकर इस मृगी की प्राण-पीड़ा ही समाप्त कर जाओ।''

''आह, क्या कामना की पीड़ा केवल एक ही ओर होती है! आर्य, तुमसे पायी इस दारुण पीड़ा का सन्देश तुम तक कैसे भेजूं! आश्रमवासी तो तुम्हारे सम्मोहन-शर से उत्पन्न मेरी कामना और हृदय की पीड़ा को मेरे लिए लाज का कारण मान रहे हैं।''

गुल्म के एकान्त में प्रणय-विह्वला शकुन्तला के आंसुओं का वेग बढ़ गया। हृदय से उठते क्रन्दन के वेग को रोकने से उसे हिचकी आने लगी। उसने दीर्घ निःश्वास लिया। वह स्वतः बोलने लगी—''हे आर्य, तुम्हारे रूप और स्वर इतने आकर्षक हैं परन्तु हृदय इतना पाषाण! अपना सन्देश तुम तक कैसे पहुँचाऊँ! मुझे व्यर्थ ही शकुन्तला पुकारते हैं! शकुन्त की भाँति पर फैला कर आकाश में उड़ सकती तो तुम्हें खोज लेती और पुकार-पुकार कर तुम्हें अपनी व्यथा सुनाती :–

''कौंध जाती स्मृति पटल पर आज रह-रह याद तेरी⋯।''

शकुन्तला कल्पना में पक्षी बनकर अपना मन छीन ले जाने वाले को खोजने के लिए आकाश में दिगन्त तक उड़कर उद्वेग से आह्वान करने लगी। उसने दीर्घ निश्वास लिया। लेटे-लेटे ही कोहनी का सहारा लेकर सिर उठा लिया। एक सुचिक्कण बड़ा कमल-पत्र सम्मुख रख लिया और अपने हृदय के आवेग को नख से कमल-पत्र पर अंकित करने लगी :–

''कौंध जाती स्मृति पटल पर आज रह-रह याद तेरी
काम-पीड़ित गात प्यारा
अहर्निश तपता विचारा
छल गये, सुधि ली न अब तक
क्रूर कितने हो अहेरी।''

शकुन्तला ने हृदय के उद्‌गार को कमल-पत्र पर अंकित कर उसे आदर से नेत्रों से लगाया, स्नेह से अनेक बार चूमा। वह प्रणयी को अपना सन्देश दे पाने का सन्तोष अनुभव कर, श्रान्ति से नेत्र मूँद निद्रागत हो गयी।

प्रियंवदा वनज्योत्सना कुंज से कुटिया के छाजन में गौतमी के समीप आकर बोली—''अम्मे, मैं मालती कुंज में बैठकर बल्कल-पट की बुनाई निबटा लूं।''

गौतमी ने चिन्ता प्रकट की—''हा वत्से, तू कुन्त को एकाकी छोड़ आयी? वह उदास नहीं होगी?''

प्रियंवदा ने वृद्धा का समाधान किया—''अम्मे, कुन्त ने स्वयं ही कहा—कमल-पत्र डुलाना अनावश्यक है। गुल्म में प्रभूत वातास आ रहा है। निद्रालस्य के कारण उसने एकान्त की इच्छा प्रकट की है।''

गौतमी ने संतोष का श्वास लिया—''देव-कृपा हो। निद्रा का आना तो शुभ है। निद्रा असुविधा और असुख का सहज उपचार है।''

गौतमी ने दो घड़ी पश्चात् अनुसूया को पुकार लिया–"वत्से-तनिक कुन्त की अवस्था देख ले। उसकी निद्रा भंग हो गयी हो तो उसे जल में थोड़ा मधु मिलाकर पिला दे।"

"देखती हूँ।" कह कर अनुसूया वनज्योत्सना गुल्म की ओर चली गयी। पदचाप से शकुन्तला की निद्रा भंग न हो जाये इस विचार से उसने कुंज के समीप आकर, आहट न कर भीतर झांका।

अनुसूया ने देखा–शकुन्तला करवट से लेटी नेत्रों को प्रकाश से बचाने के लिये मुख को बाहु से ढके निद्रागत थी। उसके सिर के समीप एक कमल-पत्र पड़ा था। कमल-पत्र पर नखों से चित्रित पंक्तियाँ देखकर अनुसूया को कौतूहल हुआ। अनुसूया उत्सुकता से बिना आहट किये शकुन्तला के सिर की ओर गयी और चिन्हित कमल-पत्र को गुल्म-कुंज से बाहर ले जाकर देखा। कमल-पत्र पर नख से चिन्हित शब्दों को पढ़कर अनुसूया की भौंहें उठ गयीं। वह ओठों को दाँतों से दबाकर बिना आहट किये कमल-पत्र लेकर कुटिया की ओर लौट आयी।

अनुसूया कुटिया के छाजन में गौतमी के समीप गयी। चिन्हित कमल-पत्र प्रौढ़ा के सामने फैलाकर धीमे स्वर में बोली–"अम्मे, यह देख लो।"

गौतमी ने निर्बल आँखों से कमल-पत्र पर अंकित चिन्ह देखने का यत्न करते हुये पूछा–"क्या है? यह किसने किया है?"

अनुसूया वृद्धा के समीप बैठ रहस्य के स्वर में बोली–"कुन्त की व्यथा का रहस्य।"

गौतमी ने हाथ चिबुक पर रखकर जिज्ञासा की–"क्या अभिप्राय है, स्पष्ट कहो।"

"कुन्त अपने हृदय के उच्छ्वास को इस कमल-पत्र पर अंकित करके श्रान्ति से निद्रागत हो गयी है। अम्मे, मेरा अनुमान सत्य ही था।" अनुसूया ने स्पष्ट कह दिया।

गौतमी ने पूछा–"क्या अनुमान किया था तूने?"

अनुसूया ने गौतमी के अधिक समीप होकर श्वास के स्वर में उत्तर दिया–"कुन्त ने इस पत्र में उसी नागरिक को सम्बोधन कर अपनी विरह-व्यथा प्रकट की है।"

गौतमी ने हाथ कपाल पर रख लिया–"हा दैव!...हा!...तू मुझे पढ़कर सुना।"

अनुसूया ने मुख गौतमी के कान के समीप कर कमल-पत्र पर अंकित शब्द पढ़ कर सुना दिये और बोली–"अम्मा, मैं कहती थी न! मैंने तो अनुमान ही किया था, ये प्रत्यक्ष उसके शब्द हैं।"

गौतमी ने अपने दोनों हाथ कपाल पर रख लिये। उसके नेत्रों से लज्जा और संताप के आंसू टपकने लगे।

सूर्यास्त से कुछ ही पूर्व शारंगरव कृषि-कार्य से लौटा। गौतमी को चिन्तित देख उसने पूछ लिया–"अम्मे, कुन्त की क्या अवस्था है, उसका ताप शान्त नहीं हुआ?"

गौतमी ने दीर्घ निश्वास से मुँह फेर लिया–"क्या कहूँ बेटा, विधाता की इच्छा। मैं क्या जानूँ?"

अनुसूया ने शारंगरव को एक ओर ले जाकर नख-चिन्हित कमल-पत्र दिखा दिया।

शारंगरव ने गौतमी के समीप आकर चिन्ता प्रकट की–"अम्मे, कुन्त के समान सरला कुमारी की सहसा ऐसी भावना!"

गौतमी के आरक्त नेत्रों में पुनः अश्रु छलक आये–"देव ही जाने वत्स! इन्हीं हाथों से उसे पाला-पोसा है। तुम भी उसे इतने वर्षों से देख रहे हो, कभी उसके स्वभाव में ऐसे भाव का संकेत देखा है?"

शारंगरव ने वृद्धा की चिन्ता में सहयोग दिया–"अम्मे, यही तो विस्मय है।" उसने समीप बैठी अनुसूया की ओर देखा, "तुम प्रतिपल कुमारियों के साथ रहती हो। कभी उसमें ऐसा भाव देखा?"

अनुसूया, वृद्धा और शारंगरव के अधिक समीप हो गयी–"इससे पूर्व नहीं देखा···" वह संकोच से धीमे स्वर में बोली, "परन्तु समय आने पर ही तो होता है न! इससे पूर्व ऐसा अवसर भी कब आया, भाव भी वय से ही तो होता है।"

अनुसूया ने पति की ओर देख वृद्धा को सुनाने के लिये कहा–"अचेतन भावनायें उद्दीपन पाकर सचेत हो जाती हैं। तुमने अहेरी के नेत्रों में कामना के स्फुलिंग नहीं देखे?"

शारंगरव विचार में श्मश्रु खुजलाता हुआ बोला–"अहेरी के विषय में तुम्हारा विचार सत्य है। असंयमी व्यसनी में काम प्रवृत्ति प्रबल रहती है। कामुक का नवस्फुटित लावण्य के दर्शनमात्र से विह्वल हो जाना भी विस्मयजनक नहीं है परन्तु अबोध कुमारी में भावना का सहसा इस प्रकार तीव्र उद्दीपन विस्मयजनक है।"

गौतमी विवशता के दीर्घ निश्वास से बोली–"दैव रक्षा करें। उस अबोध को ऐसा क्या अनुभव? उसने ऐसा क्या देखा, उसने ऐसा प्रभाव कब पाया?"

अनुसूया ने उत्तर दिया–"अम्मे उसमें देखना क्या? वह तो जीव-मात्र के श्वासों तथा प्राणों में ही रहता है।"

शारंगरव विचार-मुद्रा में पुनः श्मश्रु खुजलाता हुआ बोला–"सत्य है, जो प्रकृति और प्रवृत्ति से स्वाभाविक है, उसे वश कर सकना ही संयम के अभ्यास तथा शिक्षा का प्रयोजन है।"

गौतमी ने नेत्रों से अश्रु पोंछ दीर्घ निश्वासन लिया–"क्या कह रहे हो? वह तो नितान्त सरल और अबोध है। वत्से ने उस भाव को कब जाना?"

अनुसूया ने उत्तर दिया–"अम्मे, न जानने तथा अबोध सरला होने के कारण ही तो ऐसा हुआ। जो जानता है, चार को देखता है, वह तुलनात्मक दृष्टि से सन्देह से देखता है। जो जानता नहीं, जो केवल एक को देखेगा, वह उसी को पूर्ण समझेगा।"

गौतमी ने विवशता से कहा–"देवता मंगल करें, वत्से को क्या हो गया? यह अभी अबोध बालिका है और वह छली अहेरी प्रौढ़।"

शारंगरव ने अनुमोदन किया–"सत्य है, नागरिक का मुख सम्पन्नता की सुविधा से स्वस्थ तथा सुचिक्कण है परन्तु वह भुक्त-यौवन वयस्क जान पड़ता है।"

अनुसूया ने नेत्र फैलाकर शंका प्रकट की–"भुक्त-यौवन निश्चय ही प्रौढ़। मुझे तो उसके केश रंजित जान पड़े। अनुभवहीन अबोध कुन्त यह सब क्या जानेगी!"

शारंगरव बोला–"भूल हुई। अहेरी ने अभिप्राय निवेदन किया था, तभी आयु का वैषम्य स्पष्ट करके, उसे आशा में पुनः आने का कष्ट न करने का संकेत दे देना उचित होता।"

गौतमी ने चिन्ता प्रकट की–"हा दैव, वह धृष्ट पुनः आने की इच्छा प्रकट कर गया है?"

शारंगरव ने स्वीकार किया–"हां अम्मे, तात के सम्मुख निवेदन के प्रयोजन से।"

अनुसूया ने वृद्धा को सान्त्वना दी–"अम्मे, तात की उपस्थिति में क्या आशंका? निश्चय ही छली अहेरी ने मायावी प्रयोग किया है। कुन्त निरी अबोध है। वह मायावी उच्चाटन से अवश और उद्‌भ्रान्त हो गयी है।"

गौतमी ने दीर्घ निश्वास लिया–"कल पूर्णिमा है। तात आ जायें तो वे अपने तपोबल से इस उच्चाटन का शमन करने में अवश्य सफल होंगे।"

अनुसूया रहस्य के भाव से गौतमी की ओर झुक गयी और परामर्श के प्रयोजन से पति की ओर देखकर बोली–"कुन्त मन की उद्‌भ्रान्ति से कष्ट अनुभव कर रही है। एकान्त में रहने से उसके मन में व्यथा बढ़ेगी ही। सबके बीच उठने-बैठने, बोलने-चालने से ही उसका ध्यान बंट कर मन शनैः-शनैः बहलेगा।"

शारंगरव ने ग्रीवा के संकेत से अनुमोदन किया–"भाव और चिन्ता प्रकट नहीं हो पाते तो काष्ठ में अवरुद्ध भृङ्ग की भाँति मन को भीतर ही भीतर खाते रहते हैं।"

गौतमी ने गहरा निश्वास लिया और घूमकर पुकारा–"प्रिये, जा अपनी बहिन से कह, वहां एकाकी उदास क्यों पड़ी है, यहां आकर संगति में बैठे।"

प्रियंवदा की पुकार से शकुन्तला की तन्द्रा टूटी। नेत्र खुलते ही उसने नख-चिह्नित कमल-पत्र की ओर देखा। पत्र नहीं था। उसका हृदय बैठ गया–"हा, यह क्या···? कमल-पत्र कहाँ गया···क्या मेरी अचेत अवस्था में प्रिये अथवा भाभी उठाकर ले गयीं··· मैं उन्हें अपना मुख कैसे दिखाऊँगी। हा, मुझे जन्मते ही छोड़ जाने वाली माता आकर मुझे ले जा···हाँ! मेरी लाज की रक्षा कैसे होगी···! हे पृथ्वी माता, तू ही फट कर मुझे अपने में शरण दे।"

प्रियंवदा गुल्म में प्रवेश कर बोली–"दीदी, अम्मे कह रही हैं वाटिका में आ जाओ। तुम्हारे लिये वाटिका में मादुर बिछा दूँगी।"

शकुन्तला ग्रीवा झुकाये सिमटी हुई दोनों हाथों से हृदय को सम्भाले बैठी थी।

प्रियंवदा शकुन्तला की अवस्था देखकर स्नेहार्द्र स्वर में बोली–"दीदी, बहुत कष्ट है? मैं तुम्हें बाहु से थाम, कटि को सहारा देकर ले चलूँगी।"

शकुन्तला ने उसे हाथ से संकेत किया–"एक क्षण।" शकुन्तला एक हाथ अपने धड़कते हृदय पर रख, दूसरे हाथ से पृथ्वी पर सहारा लेकर उठी। प्रियंवदा शकुन्तला की बाहु पकड़े, कटि को सहारा दिये वाटिका की ओर ले चली। शकुन्तला की ग्रीवा झुकी हुई थी और अनिच्छुक पग डगमगाते जा रहे थे।

× × ×

पूर्णिमा की तिथि शकुन्तला के शरीर में ज्वर के ताप का प्राबल्य नहीं रहा था। ज्वर के ताप के कारण उसके शरीर में आ गयी तनुता ने उसके लावण्यं को अधिक निखार दिया था।

ऋषि चित्रांक का ज्येष्ठ पुत्र सम्पद ज्ञान-लाभ के लिए महर्षि कण्व के साथ तीर्थ यात्रा में अन्तेवासी के रूप में गया था! सम्पद पूर्णिमा के अपराह्न में अपने आश्रम में

लौट आया था। संध्या समय आकर उसने गौतमी को समाचार दिया कि महर्षि कण्व ने श्रोणक तीर्थ के जिज्ञासु ऋषियों के अनुरोध से, आगामी पूर्णिमा तक एक मास ज्ञानोपदेश के लिए उस आश्रम में विश्राम स्वीकार कर लिया था।

सम्पद से समाचार पाकर गौतमी, शारंगरव तथा अनुसूया को चिन्ता हुई। तात की अनुपस्थिति में कुन्त की उद्भ्रान्त मनोदशा का उपचार क्या सम्भव होगा? चार दिवस तक अहेरी के आश्रम में पुनः न आने से वे आपदा टल जाने की सांत्वना अनुभव कर रहे थे।

गौतमी ने अनुसूया से शकुन्तला को सत्परामर्श देने का अनुरोध किया था इसलिए अनुसूया ने रन्धन कार्य के समय शकुन्तला को एकान्त वार्त्ता के लिए समीप बुला लिया था। उसने रहस्य के स्वर में शकुन्तला को सम्बोधन किया–"कुन्ते, तू वनज्योत्सना गुल्म में निद्रागत थी तो कमल-पत्र मैं उठा लायी थी। क्या हो गया तेरे विवेक को?"

शकुन्तला की ग्रीवा लाज और संकोच से झुक गयी।

अनुसूया बोली–"वत्से तू तो सौम्य-प्रकृति है। अज्ञात नाम-कुलशील अहेरी के प्रति सहसा ऐसी आसक्ति?"

शकुन्तला की ग्रीवा अधिक झुक गयी। वह हाथ के अंगूठे के नख से पाँवों के अंगूठे के नख को खोटती हुई अत्यन्त अस्फुट स्वर में बोली–"आर्य उच्च कुलोद्भव क्षत्रिय राजपुरुष हैं।"

अनुसूया ने उद्विग्नता वश कर धीमे स्वर में पूछा–"क्या देखा तूने उस अज्ञात नाम-कुलशील अहेरी में? नितान्त अबोध है तू। उसकी आयु का भी अनुमान न कर सकी; वह विगत यौवन है।"

शकुन्तला ग्रीवा न उठा सकी। अवरुद्ध कण्ठ से बोली–"भाभी, जो दैव की इच्छा।"

अनुसूया ने प्रश्न किया–"इत्वर अहेरी का क्या विश्वास; यदि वह पुनः न आये तो?"

शकुन्तला ने आरक्त सजल नेत्र अनुसूया की ओर उठाकर उत्तर दिया–"आर्य आयेंगे।"

रात्रि में अनुसूया स्वयं औषध-घृत लेकर वृद्धा की शरीर सेवा करने लगी। उसने कुमारियों के निद्रागत हो जाने का अनुमान कर, रन्धन के समय शकुन्तला से प्राप्त रहस्य से वृद्धा को अवगत कर दिया। वृद्धा व्याकुलता से अर्द्धरात्रि तक निःशब्द क्रन्दन करती रही। वह देवताओं की इच्छा के सम्मुख विवशता स्वीकार कर निद्रागत हो गयी।

× × ×

आश्रम में प्रथमा तिथि को अनध्याय का नियम था। पूर्वाह्न में शारंगरव ने शकुन्तला, शारद्वत, प्रियंवदा को पाठ नहीं दिया। वे तीनों वाटिका की ओर छाजन में बैठे हुये ताड़-पत्र बीच में रखे पठित की आवृत्ति कर रहे थे। शारंगरव अपनी कुटिया में स्वाध्याय निरत था। गौतमी कुटिया के पिछवाड़े जाप कर रही थी। अनुसूया रन्धन में व्यस्त थी।

शकुन्तला का पोष्य मृगशावक वाटिका से भाग कर उसके समीप आ गया। छौने के त्रास का कारण जानने के लिए शकुन्तला, प्रियंवदा और शारद्वत की दृष्टि वाटिका की ओर उठ गयी। उन्हें वाटिका द्वार में अहेरी दिखाई दिया।

स्थान से परिचित नागरिक, दोनों हाथों से अभिवादन का संकेत करता हुआ वाटिका में प्रवेश कर बोला–"आश्रमवासी, दर्शनार्थी नागरिक का अभिवादन स्वीकार करें।"

नागरिक को सम्मुख देखकर तथा उसके शब्द सुनकर शकुन्तला के संपूर्ण शरीर में उल्लास और आशंका की सिहरन कौंध गयी, शरीर रोमांचित हो गया। प्रियंवदा तथा शारद्वत ने गुरुजन के स्वयं न बताने पर भी अहेरी के प्रति उनकी विरक्ति का आभास पा लिया था। उन दोनों ने उसके अप्रत्याशित आगमन से शंका अनुभव की परन्तु उन दोनों ने भी शिष्टाचार के विचार से, अतिथि के अभिवादन का उत्तर अभ्यर्थना के संकेत में ग्रीवा नत करके दिया।

शारद्वत ने वाटिका में नागरिक की ओर बढ़कर उससे आसन ग्रहण करने का अनुरोध किया। पूर्वाह्न में अशोक छत्र के नीचे घाम था। शारद्वत ने वाटिका में जा, अभ्यागत को मालती कुंज की ओर चलने का संकेत किया और छाजन से कुश-आसन लेकर कुंज में बिछा दिया।

प्रियंवदा तुरन्त गुरुजन को समाचार देने के लिए कुटिया के भीतर चली गयी।

शकुन्तला छाजन में मादुर पर बैठी ताड़-पत्र पर झुकी रही। ग्रीवा झुकी रहने पर भी वह जानती थी, शारद्वत आर्य को माधवी-कुंज में आसन दे रहा था। उसके हृदय की गति बढ़ गयी थी। शिराओं में रक्त का वेग बढ़ जाने से कान गूंज रहे थे। हृदय आर्य के सामीप्य के लिए अकुलाकर मुख को आ रहा था और आशंका भी अनुभव हो रही थी परन्तु उसका शरीर, स्वयं उठकर आर्य के समीप चले जाने के कारण, गुरुजन के असन्तोष की संभावित आशंका से सिमट गया था। उसके मस्तिष्क में, विपरीत भावनाओं के द्वंद्व से मूढ़ता छा गयी और शरीर वैकल्य से शिथिल हो गया।

गौतमी ने प्रियंवदा से समाचार पाया तो उसके नेत्र और दन्तहीन मुख विस्फारित रह गये। प्रियंवदा ने संवाद दोहराया। वृद्धा के मुख से निकला–"हा दैव!" उसने संकट टल गया मानकर सांत्वना अनुभव की थी। वह संकट पुनः सिर पर आ जाने से उसने व्याकुलता अनुभव की। प्रियंवदा से पूछा–"कुन्त कहां है?"

प्रियंवदा ने वृद्धा का अभिप्राय अनुमान कर उत्तर दिया–"दीदी छाजन में बैठी है। शरद भैया ने अतिथि को माधवी कुंज में आसन दिया है।"

गौतमी कठिन परिस्थिति में मन को संभालने के लिए दीर्घ श्वास से बोली–"वत्से, जा तुरन्त शारंग जीजा को सूचना दे। कमण्डल भी ले जा। कुन्त अस्वस्थ है शरद ही अतिथि की अभ्यर्थना करे।" गौतमी ने रन्धन स्थान की ओर दृष्टि कर उसी श्वास में पुकार लिया, "अनुसूये, शीघ्र आ!"

प्रियंवदा से सूचना पाकर शारंगरव स्वाध्याय के आसन से उठ गया। अतिथि की अभ्यर्थना के लिए माधवी कुंज की ओर जाने से पूर्व वह गौतमी के समीप आया। गौतमी और अनुसूया भी कुंज में जाने के लिए कुश-आसन लेकर परस्पर उसी सम्बन्ध में विमर्श कर रही थीं।

वृद्धा तथा अनुसूया की उत्तेजित मुद्रा लक्ष्य कर शारंगरव ने हाथ उठाकर उन्हें उत्तेजित न होने का संकेत किया–''अतिथि है, उसे जो कुछ भी कहना है, शान्ति और विनय से!''

अनुसूया के मुख से निकल गया–''ऐसे धृष्ट छली पर दैव का···।''

शारंगरव और उसके पीछे-पीछे गौतमी तथा अनुसूया माधवी कुंज में दुष्यंत के समीप पहुँची। अतिथि, शारद्वत से जल लेकर मुख तथा हस्तपाद प्रक्षालन कर आसन पर बैठ गया था। उसने आसन से उठकर शारंगरव, वृद्धा तथा अनुसूया का अभिवादन किया।

''शारंगरव ने नागरिक की अभ्यर्थना और स्वागत किया।''

गौतमी तथा अनुसूया भी नत ग्रीव हो अंजली से अभ्यर्थना का संकेत कर अतिथि के समीप आसन बिछाकर बैठ गयीं।

शारंगरव ने सविनय अतिथि के कुशल-मंगल की कामना पर उसके आगमन के प्रयोजन के विषय में जिज्ञासा की।

दुष्यन्त ने आश्रमवासियों के व्यवहार में पूर्वपिक्षा स्वागत के उच्छ्वास का अभाव तथा रूखा शिष्टाचार अनुभव किया। शकुन्तला उसे केवल अभ्यर्थना का संकेत कर छाजन में ही मादुर पर ग्रीवा झुकाये बैठी रही थी। प्रियंवदा भी उसके समीप न आकर छाजन में ही बैठ गयी थी।

दुष्यन्त ने शारंगरव, गौतमी तथा अनुसूया के विनय में, पूर्व परिचय के सौजन्य के स्थान पर विरक्ति का संकोच देखा। उसने स्थिति का उपाय करने के निश्चय से सविनय करबद्ध हो गौतमी को सम्बोधन किया–''सेवक ने तपस्विनी माता से आश्वासन पाया था–आश्रम में ऋषिवर का प्रत्यागमन पूर्णिमा को होगा। सेवक तपोधन महर्षि के दर्शन-लाभ तथा उनके चरणों में मनोरथ निवेदन के प्रयोजन से उपस्थित हुआ है।''

शारंगरव ने क्षमा-याचना के लिए विवशता की मुस्कान से निवेदन किया–''आर्य की अभ्यर्थना अथवा सेवा के लिए आश्रमवासी प्रस्तुत हैं। आज प्रातः ही महर्षि का अप्रत्याशित सन्देश प्राप्त हुआ है। श्रोणक तीर्थ के जिज्ञासुओं के अनुरोध से महर्षि ने एक मास के लिए उस आश्रम में प्रवास स्वीकार कर लिया है। महर्षि का प्रत्यागमन आगामी पूर्णिमा को ही होगा।''

दुष्यंत कुछ पल विचार में मौन रहकर विनय से बोला–''ऋषिवर जहाँ भी रहेंगे उनका तप और ज्ञान जिज्ञासुओं और गृहस्थों के लिये कल्याणकारी होगा। माता के आश्वासन से सेवक चार दिवस प्रतीक्षा के पश्चात् मनोरथ निवेदन के लिए उपस्थित हुआ है। मर्मज्ञ ऋषि अवरुद्ध कामना तथा अपूर्ण मनोरथ की वेदना से परिचित हैं।''

दुष्यन्त ने शारंगरव को लक्ष्य किया–''इस समय ऋषिवर और माता ही आश्रम की व्यवस्था के अभिभावक हैं। सेवक को मनोरथ की सफलता का आशीर्वाद दें।''

शारंगरव पल भर विचार कर बोला–''आर्य, तपोवनवासी मनोरथों के निग्रह तथा साधनों के अपरिग्रह को ही शांति का उपाय मानते हैं। वे नागरिकों के सांसारिक मनोरथों की पूर्ति में किस प्रकार सहायक हो सकते हैं। तपोवन में तो ज्ञान की कामना ही पूर्ण हो सकती है।''

दुष्यन्त ने शारंगरव का उत्तर सुनकर ग्रीवा झुका ली। उसने चार दिवस पूर्व ही शारंगरव तथा गौतमी के सम्मुख अपना मनोरथ निवेदन कर दिया था। शारंगरव द्वारा उस

प्रसंग की उपेक्षा देखकर उसने आश्रमवासियों की तद्विषयक विरक्ति का अनुमान किया परन्तु अपनी अदम्य इच्छा के कारण ससंकोच विनय से बोला–"तपोधन का वचन सत्य है। परलोककामी तपस्वी केवल ज्ञान की ही कामना करते हैं परन्तु उनके पुण्य-प्रताप और आशीर्वाद से संसारी मनुष्यों की लौकिक कामनायें भी पूर्ण होती हैं। सेवक ने माता और ऋषिवर के सम्मुख आश्रम की पोष्य कन्या शकुन्तला के प्रति प्रणय से उसके पाणिग्रहण की कामना निवेदन की है।"

शारंगरव ने गौतमी की ओर देखकर नागरिक को उत्तर दिया–"आर्य, समाज की नीति तथा रीति से परिचित हैं। स्मृतियों ने कन्यादान का अधिकार गृहपति अथवा कुलपति को ही दिया है।"

दुष्यन्त ग्रीवा से अनुमोदन का संकेत कर बोला–"स्मृतिविद् ऋषिवर का वचन सत्य है। स्मृतियों ने सम्पत्ति के उत्तराधिकार के विचार से समाज में पुत्र तथा कन्या की विवाह-व्यवस्था का अधिकार गृहपतियों तथा कुलपतियों को दिया है। ऋषिवर यह भी जानते हैं, स्मृतियाँ तपोवनों में अथवा वन प्रांतों में, यौवन प्राप्त कन्या को शरीर धर्म की प्रेरणा अथवा प्रणय की निष्पत्ति के लिए, अथवा विवाह कामना से कन्या के स्वयं पति वरण की परम्परा को भी मान्यता देती हैं, जैसे राजकुमारी सावित्री ने वन प्रदेश में सत्यवान का वरण किया था। माता और ऋषिवर सेवक को आश्रम कन्या से मनोरथ निवेदन की अनुमति दें। सेवक यौवन प्राप्त कुमारी के निर्णय को शिरोधार्य करेगा।"

गौतमी ने संकोच में हाथ मुख के सम्मुख कर, अनुसूया और शारंगरव की ओर देख व्याकुलता प्रकट की–"हम इतने स्नेह से पाली कन्या को अज्ञात नाम-कुलशील के साथ कैसे धक्का दे दें।"

अनुसूया ने क्षुब्ध स्वर में वृद्धा का समर्थन किया–"आखेट-विनोद के लिए वन-वन भटकने वाले अहेरी का प्रणय विनोद चार दिवस में समाप्त हो जायेगा तो आश्रम की सरला अबोध कन्या कहां आश्रम ढूँढ़ेगी?"

शारंगरव ने संयत स्वर में दुष्यंत को सम्बोधन किया–"आर्य विनोद के लिए मृगों के प्राणों से क्रीड़ा क्षत्रियों की परम्परा है परन्तु अबोध तापस-कन्याओं के प्राणों से विनोद सद्गृहस्थों को शोभा नहीं देगा।"

दुष्यन्त ने आश्रमवासियों के दुस्साहस से विस्मित हो उनकी ओर अपलक गम्भीर दृष्टि से देखा परन्तु संयम के विनय से बोला–"ऋषिवर, सेवक का प्रयोजन काम-क्रीड़ा का विनोद मात्र नहीं है। सेवक पुण्यधाम कण्व ऋषि की पोष्य कन्या का गृहिणी के रूप में आदर करेगा तथा उसे गृहस्थ में उचित अधिकार का स्थान देगा।"

अनुसूया बोल पड़ी–"अज्ञातनाम-कुलशील, अस्थिर प्रवृत्ति अहेरी का कैसा गृहस्थ? क्या उसकी गृहिणी?"

शारंगरव ने दुष्यंत की ओर देखा–"आर्य को नाम, कुल, धाम प्रकट करने में संकोच है?"

"अज्ञात कुलशील का विश्वास क्या?" अनुसूया ग्रीवा मोड़ क्षोभ के स्वर में बोल पड़ी।

दुष्यन्त अनुकूल अवसर समझ विनय की मुस्कान से बोला–"तपोधन ऋषिवर की दृष्टि में मानव मात्र समान हैं। आतिथेय के जिज्ञासा करने पर ही स्वनाम कुल धाम का

परिचय देना अतिथि को शोभा देता है। पुण्य कीर्ति ऋषियों के इस सेवक का नाम दुष्यन्त है!"

अनुसूया बोल पड़ी–"ऊँह, इससे क्या; दुष्यन्त तो दिग्विजयी राजा का भी नाम है!"

शारंगरव ने दुष्यंत को मुस्कान से सम्बोधन किया–"आर्य, केवल नाम संज्ञा से ही तो व्यक्ति के गुण और स्थिति का सप्रमाण परिचय नहीं हो जाता। प्रजापति संज्ञा से सृष्टि-चक्र के चालक विरंचि का बोध होता है, प्रजापति संज्ञा से कुलाल-चक्र के चालक भांडकर का भी बोध होता है, प्रजापति संज्ञा से ही वर्षा काल में उत्पन्न एक सृप-कृमि का भी बोध होता है।"

दुष्यंत पल भर विचार कर पुनः विनय से मुस्कराया और उसने अपनी अनामिका से मुद्रा उतार कर शारंगरव के हाथ में दे दी–"ऋषिवर इस प्रमाण से सेवक के नाम, कुल-शील, धाम का समाधान प्राप्त करें।"

शारंगरव ने मुद्रा को ध्यान से देखा। उसकी भृकुटि उठ गयी, ओष्ठ अवाक् खुले रह गये। वह निश्वास से बोला–"यह तो तत्र भवान इन्द्र के सहायक महाप्रतापी दिग्विजयी महाराज दुष्यन्त की राजमुद्रा है।"

दुष्यन्त पहचान लिये जाने पर आश्रमवासियों के प्रति पुनः आदर की अंजलि अर्पित कर, गम्भीरता से बोला–"ऋषिवर, यह सेवक की ही मुद्रा है। यह मुद्रा ही सेवक का सप्रमाण परिचय है। ऋषिवर के सम्मुख उपस्थित क्षत्रिय ही तपोधन ऋषियों के पुण्य प्रताप से देवराज इन्द्र का कृपापात्र और ब्राह्मणों तथा ऋषियों का सेवक हस्तिनापुर का राजा दुष्यंत पुकारा जाता है।"

राजा को पहचानकर शारंगरव तुरन्त आसन छोड़ खड़ा हो गया और आशीर्वाद के लिये दक्षिण बाहु उठाकर बोला–"जय हो! धर्मकीर्ति, तत्र भवान चक्रवर्ती महाराज की जय हो!"

अनुसूया और शारद्वत ने भी शारंगरव के अनुकरण में आसनों से उठकर जयघोष किया। गौतमी भी सम्भ्रम से पृथ्वी पर हथेली टेक कर आदर में उठने का उपक्रम करने लगी।

दुष्यन्त ने उन्हें संकेत से बैठे रहने का अनुरोध किया–"ऋषिवर, ब्रह्मज्ञानी तपस्वी राजा के आदर के पात्र हैं। ब्रह्मज्ञानियों के तपोबल और पुण्प-प्रभाव से ही राजा देवताओं की सहायता और जनगण का विश्वास प्राप्त करता है। ऋषि राजा के लिए आदर का कष्ट सहन कर उसकी विडम्बना न करें।"

दुष्यन्त ने गौतमी और शारंगरव को सम्बोधन किया–"माता तथा ऋषिवर क्षत्रिय-सेवक के वंश तथा स्थिति का समाधान पाकर उसके निवेदन पर विचार करें। आश्रम-कन्या के पाणि-प्राप्ति के लिए उसकी प्रार्थना को स्वीकार करें।"

गौतमी नेत्रों और कण्ठ में अश्रु अवरोध के कारण बोल न सकी। उसने शारंगरव की ओर देखा।

शारंगरव गौतमी का अभिप्राय ग्रहण कर आसन पर राजा की ओर झुक गया और विनय से बोला–"प्रतापी महाराज नगर-ग्राम की तथा वनवासी सम्पूर्ण प्रजा के स्वामी हैं! महाराज, माता का निवेदन है कि तपोवन के जीवन की अभ्यस्त सरला अबोध कन्या

अनेक रानियों महारानियों से संकुल राजप्रासाद के योग्य न होगी। वह प्रासाद के शील और व्यवहार में अकुशल होने के कारण प्रासाद में सदा त्रस्त तथा तिरस्कृत अनुभव करेगी। तपोवन की अबोध कुमारी दयासागर महाराज के प्रणय के योग्य कहाँ? वह तो महाराज की करुणा की पात्र है। महाराज उस पर दया करें।''

दुष्यन्त शारंगरव का कथन सुन कुछ पल मौन रहा और फिर आश्वासन के स्वर में बोला–''माता और ऋषिवर आश्वस्त रहें। तपोधन पुण्यकीर्ति कण्व की पोष्य कन्या हस्तिनापुर के प्रासाद में प्रतिष्ठा और अधिकार का स्थान प्राप्त करेगी।'' वह एक पल विचार कर पुनः बोला, ''आर्यावर्त का राजा दुष्यन्त वचन देता है–उसका शकुन्तला से उत्पन्न पुत्र ही आर्यावर्त्त के सिंहासन का उत्तराधिकारी होगा।''

गौतमी ने नेत्र पोंछ लिए। भावोद्वेग से कण्ठावरोध के कारण उसके मुख से शब्द न निकल सके। अनुसूया और शारंगरव ने सहर्ष अनुमोदन किया–''महाराज की जय हो। महाराज का वचन पूर्ण हो।''

गौतमी ने पीठ पीछे छाजन की ओर देखकर पुकार लिया–''कुन्ते, शीघ्र आकर महाराज का अभिवादन करो। प्रिये तू भी आ।''

शारंगरव ने मुद्रा को अंजलि में दुष्यन्त की ओर बढ़ाकर निवेदन किया–''देवताओं के प्रिय धर्मरक्षक महाराज, सत्ता की प्रतीक इस मुद्रा को अपने ही समीप रखें।''

शकुन्तला और प्रियंवदा गौतमी के आह्वान से कुंज में आकर प्रणाम की मुद्रा में दोनों हाथ जोड़े नतग्रीव हो वृद्धा के समीप खड़ी हो गयीं।

दुष्यन्त शारंगरव की अंजलि से मुद्रा लेकर आसन से उठा और एक पग शकुन्तला की ओर बढ़ गया। उसने शकुन्तला को सम्बोधन किया–''भद्रे ने पृथ्वी को विजय करने में समर्थ क्षत्रिय का हृदय प्रथम दृष्टि से ही जीत लिया है। भद्रे, इस क्षत्रिय के वंश और सत्ता की चिह्न मुद्रा को प्रणयार्थी के विजित हृदय के प्रतीक के रूप में स्वीकार करे।'' उसने शकुन्तला का कंपित कर अपने हाथ में लेकर मुद्रा शकुन्तला की अंगुलि में पहना दी।

शकुन्तला संकोच से सिमट गयी तथा लज्जापूर्ण उल्लास के रोमांच से लड़खड़ा गयी। अनुसूया ने मुस्कराकर दाहिने हाथ से शकुन्तला की बाहु पकड़ सहारा दिया और दूसरा हाथ मुख पर रख कर हुलहुली ध्वनि करने लगी। प्रियंवदा ने सहयोग दिया।

अनुसूया दुष्यंत की ओर देखकर बोली–''महाराज की जय हो। गन्धर्व विवाह की रीति तो सम्पन्न हो गयी।''

गौतमी और शारंगरव ने भी सोत्साह पुकारा–''तत्र भवान् धर्म कीर्ति महाराज की जय हो।'' दोनों ने शकुन्तला को आशीर्वाद दिया, ''अचल सौभाग्यवती महारानी हो।'' दुष्यन्त ने लाज से सिमटी हुई, नतग्रीवा रोमांचित शरीर, आरक्त मुख शकुन्तला को आधा आसन देकर अपने समीप बैठा लिया।

गौतमी ने आनन्द से सजल नेत्र और स्नेह विह्वल कंठ से अनुरोध किया–''देवराज इन्द्र के सखा महाराज को अपनी स्नेहपालिता कन्या सौंपकर हम आश्रमवासी भाग्यवान हैं। परन्तु महाराज से प्रार्थना है कि कन्या के तात के प्रत्यागमन से पूर्व महाराज उसे हमारी क्रोड़ से न ले जायं। तात वत्से को अपने आशीर्वाद सहित आश्रम से विदा कर सकें।''

दुष्यन्त ने आश्वासन दिया–"माता विश्वास रखें, माता और तात के इच्छा के प्रतिकूल कोई व्यवहार नहीं होगा।"

प्रियंवदा ने अनुसूया की अनुमति में वीणा ले ली, शारद्वत ने मृदंग। दोनों मंगल गान करने लगे।

गौतमी और अनुसूया ने जामाता महाराज दुष्यन्त का मधुपर्क से सत्कार किया। कन्दमूल प्रस्तुत किये। शारंगरव सिलबट्टा ले सोमरस के आयोजन में लग गया।

प्रियंवदा ने शारद्वत की सहायता से वाटिका, समीपवर्ती पुष्पवृक्षों तथा लता-कुंजों से माधवी, मालती, वनज्योत्सना, जवा, कमल पाटल आदि पुष्प प्रभूत मात्रा में संचय कर लिए। अनुसूया और प्रियंवदा ने लाज और पुलक से रोमांचित शकुन्तला की कुटिया में ले जाकर उसका शृंगार किया। उन्होंने उसका जूड़ा खोलकर केशों को माधवी पुष्पों से सज्जित वेणियों में गूंथ दिया। कानों में जवा के कुंडल और ग्रीवा में पाटल के हार पहनाये। कपोल और वक्ष कमल के पराग से रंजित कर दिये। बाहुमूल और कलाइयों पर मौलश्री के आभरण बांधे। क्षीण कटि से पुष्ट वर्तुल नितम्बों के चारों ओर सुगोल पिण्डलियों तक वनज्योत्सना की मालाओं का शाटक बना दिया। पुष्पों के ही चरणाभरण पहनाये।

शारंगरव और शारद्वत ने मध्यान्ह के ताप के समय जामाता महाराज के विश्राम के लिये शीतल वनज्योत्सना गुल्म में लम्बे घास के कोमल मादुर बिछा दिये थे। गौतमी, अनुसूया और प्रियंवदा, सौभाग्य-मंगल के गीत गाती हुई, लाज से सिमटी हुई शकुन्तला को वनज्योत्सना कुंज के द्वार तक छोड़ आयीं।

कृष्णपक्ष की प्रथमा तिथि की संध्या, चन्द्रोदय सूर्यास्त के एक घड़ी पश्चात् हुआ। चन्द्रोदय के पश्चात् वनप्रान्तर तथा मालिनी नदी के सिकताच्छादित आस्तरण के समान कोमल तट शीतल ज्योत्सना से भासित हो गये। नदी की लहरें चन्द्रकिरणों तथा शीतल वायु के स्पर्श से पुलकित होकर संध्या की निस्तब्धता में कोमल कल-कल ध्वनि करने लगीं। चक्रवात तथा अन्य जलपक्षी मनोरम वातावरण से कामोद्वेलित हो अपने मिथुनों का आह्वान करते हुए उसके सामीप्य के लिए एक तट से दूसरे तट की ओर उड़ने लगे। अपने मिथुन के विपरीत तट की ओर उड़ आने के कारण वे पुनः उसे पुकारते हुए दूसरी ओर उड़ने लगते। दुष्यन्त और शकुन्तला उस रात्रि में नदी के सिकताच्छादित तट पर ही थे। वे काम विह्वल पक्षियों की आकुलता से कौतुक और उद्दीपन अनुभव कर परस्पर आश्रय में आत्मविस्मृत रहे।

× × ×

आखेट शिविर में राजा दुष्यन्त को हस्तिनापुर से निरन्तर प्रत्यागमन की प्रार्थना के सन्देश प्राप्त हो रहे थे। दुष्यन्त ने आखेट के प्रयोजन से अथवा प्रदेशों की व्यवस्था निरीक्षण के लिये राजधानी से दूर, इतना दीर्घप्रवास कभी न किया था। मंत्री शासन कार्य में आदेश-अनुमति और परामर्श के लिए राजधानी में राजा की उपस्थिति की आवश्यकता अनुभव कर रहे थे। अन्तःपुर में रानियाँ और राजमाता राजा के दीर्घप्रवास से अधीर हो रही थीं परन्तु शकुन्तला के प्रबल आकर्षण और उसके सहवास की अदम्य इच्छा से विवश दुष्यंत पूरे एक पक्ष तक मित्तल ग्राम के आखेट शिविर से हस्तिनापुर न लौट सका।

दुष्यंत को आखेट-प्रवास में तीन पक्ष व्यतीत हो चुके थे। अन्ततः उसके लिये राजधानी लौट जाना अनिवार्य हो गया। गौतमी तथा अन्य आश्रमवासियों के लिए महर्षि कण्व के प्रत्यागमन से पूर्व आश्रम-कन्या को विदाई देना असह्य था। स्वयं शकुन्तला भी तात कण्व का स्नेह आशीर्वाद प्राप्त किये बिना आश्रम से विदा होने के लिए अनिच्छुक थी। दुष्यंत ने आश्रमवासियों के सन्तोष के लिए स्वीकार किया–शकुन्तला अभी आश्रम में ही रहे। एक मास पश्चात् वह स्वयं तपोवन में आकर, अथवा दूत और रथ भेजकर अपनी परिणीता के राजधानी गमन की व्यवस्था करेगा।

महर्षि कण्व ने वैशाख पूर्णिमा की संध्या आश्रम में प्रत्यागमन किया। अन्य आश्रमवासियों के साथ शकुन्तला ने भी तात को श्रद्धा से प्रणाम किया। उसने जल लेकर तात के चरण धोये। ऋषि कण्व ने प्रथम स्निग्ध दृष्टि में ही बेटी के शरीर तथा भाव में परिवर्तन का भास पाया। उन्हें कन्या के शरीर में कौमार्यकृष लावण्य के स्थान पर तुष्टि-जन्य पूर्णता के सौन्दर्य का भास हुआ। उन्होंने कन्या के आयत नेत्रों में कौमार्य की सरल रिक्तता के स्थान पर तृप्ति का संकोच देखा। उन्होंने शकुन्तला को अंक में लेकर उसकी मंगल कामना की।

गौतमी और शारंगरव ने एकान्त अवसर पाकर कण्व को समाचार दिया। उन्होंने दुविधा और संकोच के भाव से महर्षि की अनुपस्थिति में आखेट के वेश में राजा दुष्यंत के आने तथा शकुन्तला के मन में प्रथम दृष्टि से ही अनुराग उत्पन्न हो जाने तथा राजा और शकुन्तला के गंधर्व विवाह के वृत्तान्त से महर्षि को अवगत कर दिया।

महर्षि कण्व ने सम्पूर्ण स्थिति का परिचय पाकर संतोष प्रकट किया। वे गौतमी और शारंगरव के समाधान के लिये बोले, "विद्या-धन तथा कन्या-धन की निष्पत्ति और सार्थकता उन्हें सुपात्र को देने से ही होती है।" महर्षि ने अपनी अनुपस्थिति में मंगल कार्य सम्पन्न होने के लिए देवताओं की कृपा के लिए उनकी स्तुति की और बेटी को सफल गृहस्थ तथा प्रतापी चक्रवर्ती सन्तान की माता होने का आशीर्वाद दिया।

× × ×

तपोवन से राजा दुष्यन्त के हस्तिनापुर गमन के पश्चात् चार मास व्यतीत हो गये परन्तु राजा की ओर से शकुन्तला को राजधानी में बुलाने की व्यवस्था का कोई संवाद आश्रम में न आया। शकुन्तला के शरीर में प्रणय की निष्पत्ति के संकेत प्रकट होने लगे थे। वह प्रायः अपने राजा पति की स्मृति में अथवा राजधानी से बुलावे का संदेश न आने की चिन्ता में मौन रहती। उसका मुख क्षीण मेघों में से झांकते द्वादशी के चन्द्रमा की भाँति पीत और तनिक म्लान जान पड़ने लगा। उसके दीर्घ लोचनों के नीचे अपांगों में श्यामलता बढ़ गयी। राजा की ओर से संदेश आने में अति विलम्ब और शकुन्तला के शरीर में परिवर्तन और उसके भाव में विरक्ति देखकर गौतमी और अनुसूया भी प्रायः चिंतित हो जातीं।

अनुसूया गौतमी को एकान्त में पाकर चिंता प्रकट करने लगती–"अम्मे, राजाओं–सामंतों और सम्पन्न कुल के क्षत्रियों के मन का क्या विश्वास! अनेक रानियों, पत्नियों, उप पत्नियों, नर्त्तकियों-वेश्याओं और विनोद-दासियों के परिकर में किसी एक का स्मरण आये, न भी आये! अम्मे, तुमने शंका प्रकट की ही थी। मेरे मन में भी शंका थी

परन्तु महाराज ने ऐसा आश्वासन दिया, कुन्त के ही पुत्र को सिंहासन का उत्तराधिकारी बनाने का वचन दे दिया तब क्या करते! ऐसे भी दीन प्रजा महाराज की इच्छा की अवज्ञा कैसे कर सकती है! अम्मा, क्षण में आसक्त हो जाने वाले को विरक्त होने में कितने क्षण लगते हैं! महाराज ने दो अवसरों पर दो-दो घड़ी समीप बैठकर कुन्त का रूप-लावण्य ही तो देखा था। राजधानी में प्रसाधन तथा सम्मोहन की कला में पारंगत रूपसियों के दल सामर्थ्यवानों के चतुर्दिक मंडराते रहते हैं। उनकी तुलना में तपोवन की सरला युवती का ध्यान कैसे आ पायेगा! क्षत्रिय राजा तो नये देशों और अभुक्त कामनियों की विजय तथा आखेट को ही विनोद और पुरुषार्थ समझते हैं।''

अनुसूया के आशंकापूर्ण अनुमान सुनकर गौतमी के नेत्रों में आंसू छलक आते। वह नेत्र के जल को मध्यमा अंगुलि से छिटक कर दीर्घ निश्वास से कह देती–''वत्से, हमने तो बिटिया की ही कामना पूर्ण करने के लिए तथा उसके सौभाग्य की आशा से ही महाराज का प्रस्ताव स्वीकार कर लिया था। सब देवाधीन है। हमारी व्याकुलता और चिंता से तो कुछ उपाय नहीं होगा। देवताओं की अनुकम्पा का ही आश्रय है। मानव प्रार्थना ही तो कर सकता है। यदि राजा का मन तुष्टि से विरक्त हो गया है अथवा अन्यत्र रम गया है तो बिटिया राजप्रासाद में जाकर तिरस्कृत और खिन्न रहने से हमारी गोद में ही भली।''

अनुसूया ने चिबुक पर तर्जनी रख विस्मय प्रकट किया–''तो क्या बिटिया आश्रम में ही संताप प्रसव करेगी?''

गौतमी ने उत्तर दिया–''ऋषियों के गृहस्थों में क्या सन्तान नहीं होती! क्या ऋषि गालव और चित्रांक के आश्रम के आंगन उनके पौत्र शिशुओं के किलक और क्रन्दन से मुखरित नहीं रहते!'' गौतमी के दन्तहीन मुख पर मुस्कान आ गयी, ''मैंने कुन्त का पोषण किया था, दौहित्र का पोषण नहीं कर सकूँगी!''

उस वर्ष वर्षाकाल का आरम्भ विलम्ब से, आषाढ़ का एक पक्ष बीत जाने पर हुआ। आश्रम के उपयोग के लिए पर्याप्त धान्य की पौध समय पर खेतों में बैठा देना आवश्यक था। प्रातःकालीन कर्मकाण्ड के पश्चात् अनुसूया और प्रियंवदा भी शारंगरव और शारद्वत को कृषि में सहयोग देने के लिए आश्रम के पिछवाड़े खेतों में थीं। गौतमी ने कुन्त के शरीर की अवस्था के विचार से उसे कृषि-कार्य में सहायता देने से बरज छाजन में बैठ डलिया बुनने के लिए कह दिया था। महर्षि वन-ज्योत्सना गुल्म में बैठे मीमांसा के ग्रंथ का पारायण कर रहे थे। गौतमी कुटिया के भीतर रन्धन कार्य में व्यस्त थी। शकुन्तला वाटिका की ओर छाजन में मादुर पर बैठी अपने ध्यान में डूबी वेत्रलता से डलिया बुन रही थी। वह वर्षा से धुले आकाश की प्रखर घास की चौंध से नेत्रों को बचाने के लिए पीठ वाटिका की ओर किये थी।

कुटिया के पिछवाड़े रन्धन कार्य में व्यस्त गौतमी को वाटिका द्वार में किसी आगन्तुक के आह्वान का भास हुआ। वह जानती थी, शकुन्तला वाटिका द्वार के सम्मुख छाजन में है। सोचा, बेटी आगन्तुक की अभ्यर्थना कर लेगी।

गौतमी को आगन्तुक का आह्वान पुनः सुनायी दिया और कुछ पल पश्चात् आक्रोशपूर्ण भर्त्सना का स्वर सुन कर उसने अनुमान किया–शकुन्तला छाजन में नहीं है, किसी प्रयोजन से उठ गयी होगी। वह रन्धन कार्य छोड़ वाटिका में आयी।

गौतमी ने देखा वाटिका में अशोक-छत्र के समीप खड़े, परिव्राजक महर्षि दुर्वासा शकुन्तला की भर्त्सना कर रहे थे। छाजन में मादुर पर खड़ी शकुन्तला, परिताप में ग्रीवा झुकाये क्षमा-याचना में दोनों हाथ जोड़े थी।

गौतमी महर्षि दुर्वासा की कुपित मुद्रा और आक्रोशपूर्ण स्वर से आशंकित हो गयी। दुर्वासा संयम तथा विनय के नियमों के प्रति दृढ़ता और क्रोधी स्वभाव के लिए प्रख्यात थे।

दुर्वासा शकुन्तला की भर्त्सना कर रहे थे–"तुम उन्माद की अवस्था में हो! आश्रमवासियों का ऐसा आचरण होता है? तापस कन्याओं से ऐसे प्रमाद की आशा की जाती है?"

गौतमी के सम्मुख आकर सत्कार में अभिवादन करने पर भी दुर्वासा शकुन्तला की भर्त्सना करते रहे···–"तीन बार पुकारने पर भी न सुनना उन्माद नहीं तो क्या है? जान पड़ता है, तुम्हें देवताओं और ब्रह्मज्ञानियों से आदर प्राप्त ऋषि कण्व से अति वात्सल्य पाकर प्रमाद हो गया है अथवा तुम्हें तापस-कन्याओं में अति रूपवती कहलाने का अहंकार हो गया है!"

शकुन्तला ने अन्यमनस्कता में सम्बोधन न सुन पाने के अपराध के लिए ऋषि दुर्वासा के सम्मुख परिताप प्रकट कर अनेक बार क्षमा याचना की। गौतमी ने भी बिटिया से, शारीरिक शैथिल्य तथा चिन्ता की अन्यमनस्कता में उपेक्षा हो जाने के लिए ऋषि से क्षमा का अनुरोध किया परन्तु दुर्वासा का आक्रोश शान्त न हुआ। दुर्वासा शकुन्तला से पाद-अर्घ्य स्वीकार करते हुए अपना असंतोष प्रकट करते रहे। उन्होंने महर्षि कण्व के सम्मुख भी शकुन्तला के अविनय तथा अभद्र व्यवहार के लिये रोषपूर्ण असन्तोष प्रकट किया।

ऋषि कण्व और गौतमी ने शकुन्तला के प्रति दुर्वासा का रोष शान्त करने के लिए, उन्हें शकुन्तला के शैथिल्य तथा उसकी चिन्तापूर्ण अन्यमनस्कता की परिस्थिति और कारण से अवगत कर, शकुन्तला से उपेक्षा हो जाने के लिए स्वयं भी क्षमा-याचना की।

दुर्वासा ने शकुन्तला के शैथिल्य और अन्यमनस्कता का रहस्य जान कर विचार प्रकट किया–"ऋषिवर, ऐसी अवस्था में कन्या के लिए उचित स्थान पितृकुल अथवा आश्रम नहीं है। उसके लिए उचित स्थान श्वसुरकुल अथवा पतिगृह ही है। पतिकामी तथा परिणीता नवयुवती को दीर्घकाल तक आश्रम अथवा पितृकुल में रोके रखना गृहस्थ-धर्म की नीति और व्यवहार के प्रतिकूल है।"

परिव्राजक ऋषि दुर्वासा, कण्व ऋषि के आश्रम में प्रावृट्काल का चातुर्मास व्यतीत करने आये थे। वे आश्रम में ऋषि कण्व की कुटिया में ही निवास कर रहे थे। उनकी दृष्टि प्रायः ही शकुन्तला पर पड़ जाती। उनका ध्यान पति की संगति तथा सुरक्षा से दूर शकुन्तला के पितृकुल में दीर्घ निवास की ओर चला जाता। वे कण्व और गौतमी का ध्यान उस अनीति और अनौचित्य की ओर दिलाते रहते। अनेक बार ध्यान दिलाने पर भी इस विषय में कण्व और गौतमी के शैथिल्य से खिन्न होकर उन्होंने कण्व का प्रत्यादेश किया :–

"ऋषिवर, यह आपके मन का दौर्बल्य है। ज्ञानी व्यक्ति भी मोहाविष्ट होने पर अपने आचरण में अनीति को नहीं देख पाता। इस प्रसंग में तुम अपनी स्नेह पालिता कन्या को

समीप रखने के मोह में, स्वयं उसके ही मनोरथ और प्रवृत्ति का दमन कर रहे हो। सद्यः परिणीता नवयुवती में पति के सहवास की उत्कट प्रवृत्ति होती है। उसने यौवन के उच्छ्वास से ही पति की कामना की है। उसके मन में जागृत, पुरुष की कामना, पति की अनुपस्थिति में, उसे उद्भ्रांत करके उसके व्यवहार को उच्छृंखल कर देगी; जैसे वर्षा काल में उन्मादित नदी अपने तटों की मर्यादा के उल्लंघन के लिए बाध्य हो जाती है। युवती धर्म तथा संयम के विचार से आत्मदमन सहेगी तो पति से दूर रहने पर परित्यक्ता अथवा स्वेच्छाचारिणी होने का अपवाद पायेगी। कण्व, तुम ज्ञानी होने पर भी इस समय वात्सल्य से मोहाविष्ट होने के कारण अपनी पोष्य कन्या और उसकी गर्भ की संतान का अहित कर रहे हो। उसके लक्षण पुत्र-गर्भ के हैं। उसके पुत्र का अपने उत्तराधिकार के विचार से पितृकुल में ही जन्म लेना उचित है।''

दुर्वासा ने गौतमी की ओर संकेत किया–''भगिनी और अनुसूया कहती हैं, महाराज दुष्यंत ने तुम्हारी कन्या के गर्भ से उत्पन्न पुत्र को अपने सिंहासन का उत्तराधिकार देने का वचन दिया है। तुम्हें यह भी विचार करना चाहिए कि तुम्हारी कन्या का बालक ऋषि आश्रम में उत्पन्न होकर परिस्थितियों तथा परिवेश से कैसी शिक्षा और भावना ग्रहण करेगा? ऐसा बालक चक्रवर्ती राज्य का उत्तरदायित्व वहन करने योग्य होगा?''

ऋषि दुर्वासा से उत्साह पाकर अनुसूया भी बोली–''तात और माता यह विचार नहीं करते कि दहेज के रूप में सन्तान साथ ले जाने वाली वधू समाज में निरादर और विद्रूप की पात्र होती है। तात और माता सुनकर भी नहीं सुनना चाहते। तपोवन के अनेक आश्रमों में इस विषय में कौतूहल और संदेह से अपवाद फैल रहा है⋯धर्मावतार न्यायप्रिय राजा अपनी परिणीता की उपेक्षा नहीं कर सकते। कण्व की पुत्री को कोई बहुरूपिया राजा दुष्यंत का नाम-रूप धारण कर छल से गर्भवती कर गया है।''

अनुसूया और शारंगरव परिव्राजक ऋषि दुर्वासा के परामर्श का अनुमोदन कर रहे थे। शकुन्तला ने भी अपनी अवस्था और भविष्य के विचार से, संकोच का दमन कर गौतमी के सम्मुख श्वसुर गृह गमन की इच्छा प्रकट कर दी।

वर्षाकाल की समाप्ति पर आश्रम के समीपवर्ती तपोवन से ऋषि वागीश हस्तिनापुर के मार्ग से स्थानेश्वर तीर्थ की यात्रा के लिए जा रहे थे। कण्व ने ऋषि वागीश द्वारा महाराज दुष्यन्त की सेवा में उनकी परिणीता शकुन्तला की राजधानी-यात्रा की व्यवस्था करने के लिये संवाद भेजा परन्तु आश्विन मास समाप्ति पर भी उन्हें हस्तिनापुर से कोई उत्तर न मिला। कण्व ने दुर्वासा के परामर्श से शुभ मुहूर्त का विचार कर, शकुन्तला के हस्तिनापुर प्रस्थान के लिए कार्तिक शुक्ला अष्टमी की तिथि निश्चित करके शारंगरव और अनुसूया को आदेश दिया कि वे समीपवर्ती ग्राम के हाट से शकुन्तला के लिए नगर समाज में प्रवेश के योग्य वस्त्रादि की व्यवस्था करें।

कार्तिक शुक्ला अष्टमी के प्रातः अनुसूया और प्रिवंदा ने शकुन्तला को स्नान के पश्चात् वल्कल के स्थान पर नगर-समाज में प्रवेश के योग्य वस्त्र, शाटक तथा उत्तरीय धारण करवा दिये। उसकी वेणियों को पुष्पों से गूंथ दिया। कंठ में मौलश्री की मालायें पहना दीं। मस्तक, सुगोल स्कन्ध और बाहुमूल को केसर मिश्रित चन्दन से अलंकृत कर दिया। बेटी के श्वसुर गृह प्रस्थान से पूर्व प्रातःकालीन होम के लिए यज्ञकुण्ड की वेदी का गोरोचन से आलेपन कर आलेखन से अलंकृत कर दिया। सुगंध-प्रसार के लिए आश्रम

तथा वाटिका में स्थान-स्थान पर मृत्तिका पात्रों में प्रज्जवलित धूप-अगरु आदि रख दिया। होम के समय आश्रमवासियों ने स्वस्ति और शांति के निमित्त मंत्रपाठ से देवताओं की स्तुति की।

महर्षि कण्व की, राजा दुष्यन्त द्वारा परिणीता कन्या के श्वसुर-गृह प्रस्थान का संवाद पाकर समीपवर्ती आश्रमों से अनेक तपस्वी नर-नारी शकुन्तला को विदा देने के लिए कण्व के आश्रम में उपस्थित हो गये। शकुन्तला को हस्तिनापुर राजप्रासाद में पहुँचाने के लिए शारंगरव और अनुसूया भी यात्रार्थ सन्नद्ध थे। गर्भिणी बेटी को यात्रा में प्रखर घाम से कष्ट न हो, इस विचार से कण्व ने उसके आश्रम से प्रस्थान का मुहूर्त्त सूर्योदय के एक घड़ी पश्चात् ही निश्चित किया था।

यात्रा का मुहूर्त्त समीप आ रहा था। शकुन्तला को विदा देने के लिये एकत्रित तपस्वी नर-नारी वाटिका में शकुन्तला के निकट चारों और खड़े थे। शकुन्तला सजल नेत्र, ग्रीवा झुकाये अशोक-छत्र के नीचे शिलाखंड पर बैठी थी। कण्व और गौतमी उसे बाहुओं के आलिंगन में लिये उसके दोनों ओर बैठे थे। तात द्वारा उसके हस्तिनापुर गमन का मुहूर्त्त निश्चित हो जाने पर उसने पति-दर्शन का उत्साह और उमंग अनुभव की थी परन्तु प्रस्थान का दिवस निकट आ जाने पर तात-माता के वत्सल क्रोड तथा अनुसूया, शारंगरव, शारद्वत, प्रियंवदा के स्नेहमय संग तथा आश्रम के वियोग की कल्पना से उसका मन अधीर होने लगा।

आश्रम-वाटिका में अनेक लतावृक्ष उसके अपने हाथों रोपे हुए थे। उसने उन वृक्षों, लताओं तथा वीथियों में एक-एक पल्लव फूटने की उत्सुकता से प्रतीक्षा की थी। उन लता-पल्लवों के लिए हानिप्रद कृमियों के दंश की आशंका होने पर भी, कृमियों को दूर करने के लिये अपनी कोमल उंगलियों से उठाकर देखे बिना न रह सकती थी। पौधों और लताओं के निकट से आते जाते यदि उनके कंटक शकुन्तला के वल्कल उलझा लेते तो शाखाओं को झटक देने के स्थान पर वह कंटकों को मुस्कान और कोमल शब्दों से अपना वस्त्र न पकड़ने के लिए दुलराकर और कोमल अंगुलियों से सहलाकर वल्कल छुड़ा लेती। उन कंटकों अथवा शाखाओं को कष्ट देने की अपेक्षा उसे अपने वल्कल की हानि सह्य थी। उन लताओं और पौधों को घाम से कुम्हलाते देखकर उसका मुख भी कुम्हला जाता था। घाम-काल में उनके कुम्हला जाने से अधीर हो उन्हें जल से छींट-छींट कर बार-बार सींचती रहती। उन्हें तृप्त करने के लिए कूप से जल के कलश खींचते-खींचते स्वयं स्वेद से लथपथ हो जाती, उसके कोमल बाहु श्रम से भर जाते। लता-वृक्षों में नव पल्लव फूटने पर वह उन्हें स्नेह चुम्बन द्वारा उनकी सफलता के लिए आशीर्वाद तथा बधाई देती।

आश्रम के कपोत उसके पोष्य थे। वे कपोत दिन भर वन से उदर पूर्ति कर लेने के पश्चात् भी सूर्यास्त के समय अपने नीड़ों में लौटने पर शकुन्तला के हाथों से अन्न के कुछ कणों की आशा करते थे। कपोत उसके हाथ में से अन्न उठा सकने की प्रतिस्पर्धा से परस्पर ठेलमठेल से उसके सिर, स्कन्ध तथा अन्य अंगों पर बैठ जाते। शकुन्तला का कुरंग शावक वयस्क होकर उदरपूर्ति के लिए आश्रम के समीप वन में चुगता रहता था परन्तु सूर्यास्त के समय शकुन्तला के वात्सल्य के प्रतीक दो ग्रास स्नेहमयी के हाथ से पाने के लिए उसके समीप आ जाता और स्नेह से उसके अंगों को चाटने लगता। गत संध्या

कपोत अन्न के कणों के लिए शकुन्तला के चारों ओर मंडराने लगे थे तो उन्हें अन्न के कण देते समय उसे विचार आ गया :–

इनकी संगति में यह मेरी अंतिम संध्या है। शकुन्तला के नेत्रों से अश्रु टपकने लगे। चरण लड़खड़ा गये। खड़ी न रह सकी, बैठ गयी। कपोत उसके व्यवहार से विस्मित और आशंकित हो अन्न चुगना छोड़, चंचु उठा उसके मुख की ओर देखने लगे। उसी समय उसका कुरंग शावक भी आ गया। शकुन्तला ने उसकी ग्रीवा को आलिंगन में ले अपना सिर उसकी पीठ पर टिका दिया। कुरंग शकुन्तला के अश्रुपूर्ण नेत्रों की ओर देख कर उसके हाथ और बाहु को चाटने लगा। शकुन्तला ने अनुमान कर लिया इन जीवों ने मेरे वियोग का पूर्वाभास पा लिया है। रात्रि में शकुन्तला का मन आश्रम के जन्म से अभ्यस्त स्नेहमय परिवेश के वियोग की चिंता से आकुल रहा। वह निद्रा न पा सकी।

श्वसुर-गृह के लिए प्रस्थानोद्यत शकुन्तला वाटिका में अशोक-छत्र के नीचे शिलाखण्ड पर बैठी हुई थी। वह आश्रम-परिवार तथा विदाई देने के लिए आये हुए तपोवन वासी नर-नारियों से घिरी हुई थी। आसन्न वियोग वेदना से अधीर और विह्वल होने के कारण नेत्र झुकाये थी। उसके मन में आशंका थी–वत्सल और स्नेहमय नेत्रों से दृष्टि मिलते ही उसके नेत्र बरस पड़ेंगे। गौतमी, कण्व, शारंगरव, अनुसूया और शारद्वत के नेत्र अश्रुओं को रोकने के प्रयत्न में पाटल-पटलों के समान आरक्त हो रहे थे।

शारंगरव ने प्रस्थान के लिए निश्चित मुहूर्त्त समीप आ जाने पर कण्व को सम्बोधन किया–"तात, अब सौभाग्यकांक्षिणी कन्या को आशीर्वाद दें।"

कण्व ने शकुन्तला को बाहुस्पर्श से उठने का संकेत किया। गौतमी भी धैर्य से आशीष वचन बोलती हुई उठी परन्तु अश्रु-आवेग को न रोक सकी। गौतमी के अश्रु देखकर कण्व, अन्य परिजन तथा तपस्वी-तपस्विनियां बहुत यत्न से रोके हुए अपने आंसुओं को सम्भाल न सके और नेत्र पोंछने लगे।

कण्व और गौतमी शकुन्तला को आलिंगन के आश्रय में वाटिका के द्वार की ओर ले चले। निकटवर्ती आश्रमों की तरुणियां हृदय के अंश बेटी के अन्य कुल की होकर सदा के लिये आश्रम त्याग के हृदय विदारक वियोग को सह्य बनाने के लिये, नेत्र अश्रुपूर्ण रहने पर भी शुभ कार्य की रीति के अनुसार कम्पित स्वर से मंगल-गान गाने लगीं। कुछ तरुणियां उस वियोग में भी उल्लास का पुट दे सकने के लिये नव-परिणीता युवती की पति-मिलन की उत्सुकता की व्यंजना के छंद गाने लगीं। वयस्क तपस्वी तथा तपस्विनियां हाथों में आशीष के प्रतीक तिन्नी-कण लिये थीं। वे आशीष-वचन उच्चारण कर शकुन्तला पर तिन्नी-कणों की वर्षा करने लगीं। उनके नेत्रों से भी अश्रुवर्षा हो रही थी।

वाटिका द्वार पर पहुँच कर शकुन्तला विलख कर गौतमी से लिपट गयी। कण्व के श्वेत श्मश्रु भी अश्रुओं से भीग रहे थे। उन्होंने शकुन्तला के सिर पर वत्सल कर के स्पर्श से सान्त्वना दी–"पुत्री, तू कल्याण हेतु प्रस्थान कर रही है, धैर्य रख।"

शकुन्तला अश्रु भरे कण्ठ से पुकार उठी–"आह तात!" और कण्ठ से लिपट गयी।

वाटिका के द्वार से पग बढ़ाना शकुन्तला के सामर्थ्य में न रहा। वह खड़ी भी न रह सकी। वियोग-क्रन्दन का आवेग वश में न कर सकने के कारण, वह अंजलियों में मुख

को छिपाकर पृथ्वी पर बैठ गयी। वह अश्रु-अवरुद्ध कातर विलाप के स्वर में बोली–"तात, मुझे आश्रम से निर्वासित न करें!"

शकुन्तला के विह्वल कातर वचनों से तपस्विनियों के हृदय द्रवित हो गये। गौतमी, प्रियंवदा तथा अनेक तपस्विनियां अधीर हो शकुन्तला के चारों ओर बैठकर स्नेह से अपने बाहु उसके कन्धों तथा पीठ कर रखकर असह्य वियोग की वेदना से आकुल क्रन्दन करने लगीं।

ऋषि-चित्रांक ने अधीर कण्व को धैर्य का परामर्श दिया–"ऋषिवर, परम्परा और शास्त्र के मत से ज्ञानी विद्या और कन्या के दान से ही संतोष अनुभव करते हैं। देवकृपा और तुम्हारे पुण्य से कन्या ने चक्रवर्ती शासक को वर के रूप में पाया है। देवताओं की पत्नियां भी उसके सौभाग्य से स्पर्धा करेंगी। परिणीता कन्या अपने सौभाग्य धर्म की निष्पत्ति के निमित्त प्रस्थान कर रही है। ऐसे शुभ अनुष्ठान में अधैर्य अथवा कातरता अशुभ है। तुम्हें अधीर देखकर अन्य आश्रमवासी क्या करेंगे! पुत्री को गृहस्थ धर्म के अनुष्ठान के लिए प्रसन्नता से विदा दो। यह आनन्द का अवसर है। क्रन्दन का नहीं।"

कण्व ने स्वीकार किया–"हे ज्ञानी, यह अश्रु अधैर्य के नहीं नेत्रों से आशीष का जल है। हमारे नेत्रों का जल घाम में बेटी के मार्ग को शीतल करे।"

कण्व और गौतमी से अनेक बार संकेत और अनुरोध पाकर भी शकुन्तला प्रस्थान के लिए पृथ्वी से उठ न सकी। ऋषि चित्रांक ने आकाश में सूर्य की स्थिति की ओर दृष्टि कर, शुभ मुहूर्त्त का उल्लंघन न हो जाने की चेतावनी के लिए शारंगरव को सम्बोधन किया–"आयुष्मान, तुम गृहस्थ व्यवहार की रीति को भूल गये? श्वसुर-गृह के लिए प्रथम प्रस्थान के अवसर पर पिता अथवा भ्राता कन्या को स्नेह से क्रीड़ में लेकर कुछ पग ले जाते हैं अथवा शिविका आरोहण कराते हैं।"

शारंगरव ने ऋषि चित्रांक का अभिप्राय समझा। स्वयं उसके नेत्रों से भी अश्रुधारा बह रही थी परन्तु उसने शकुन्तला को अंक में उठा लिया और मालिनी तट की ओर चल पड़ा।

विह्वल शकुन्ला ने उसके अंक में अवश हो बाहु शारंगरव की ग्रीवा में डाल लिया और कातर कंठ से पुकारा–"हाय भैया!⋯मेरे तात!⋯माता!⋯मेरा आश्रम⋯" शारंगरव के कन्धे पर क्रन्दन करती हुई शकुन्तला के पीछे तपस्वी और तपस्विनियाँ सिसकियाँ लेते और नेत्र पोंछते हुए चलने लगे।

कुटिया की छत पर बैठे हुए आश्रम के कपोत और वाटिका में शकुन्तला पर पोष्य कुरग शारंगरव के कन्धे पर विलाप करती शकुन्तला को देख कर आतंकित और स्तब्ध थे। कपोत अधीर होकर उसकी ओर उड़ आये और उसके चारों ओर मंडराने लगे। कुरंग भी कूद कर तपस्वियों के बीच आ गया और शकुन्तला के कंधे से लटकते उत्तरीय का छोर मुख में ले उसे रोकने का यत्न करने लगा।

एक तपस्विनी ने शकुन्तला के वियोग में कपोतों और कुरंग के विह्वल व्यवहार की ओर संकेत किया–"देखो, इस लाडली स्नेहमयी के वियोग से पशु-पक्षी अधीर हो रहे हैं, हम मनुष्य अधीर हो जायँ तो क्या आश्चर्य!" तपस्विनी के इन शब्दों से शकुन्तला को कन्धे पर लिये शारंगरव के पीछे चलते तपस्वी-तपस्विनियों के अश्रु-प्रवाह प्रबल हो गये और वे क्रन्दन के आवेग से हिचकियां लेने लगे।

कण्व, गौतमी तथा अन्य तपस्वी-तपस्विनियाँ शकुन्तला को लेकर मालिनी नदी के तटवर्ती हस्तिनापुर जाने वाले मार्ग पर एक सघन वट-वृक्ष के नीचे पहुँच गये। ऋषि चित्रांक ने कण्व और गौतमी को सम्बोधन किया–"स्नेह-पात्र को विदा देने के लिए जलाशय अथवा नदी तट तक ही जाने की रीति है।"

चित्रांक तथा अधिकांश तपस्वी और तपस्विनियाँ शकुन्तला को वट-वृक्ष के नीचे पहुँचा कर अपने आश्रमों को लौट गये। अनुसूया ने कण्व से अनुरोध किया–"तात, अधिक विलम्ब हो रहा है। घाम प्रखर हो जाने से कुन्त को यात्रा में अधिक कष्ट होगा। अतः तात और माता आशीर्वाद द्वारा हमें यात्रा की अनुमति दें।"

गौतमी ने शकुन्तला को कंठ से लगाकर आशीष दिया–"बेटी, तेरे वियोग के दुःख को हम इस विश्वास से सुख मानेंगे कि तू अपने सौभाग्य को सफल करने के लिये राजधानी जा रही है। तेरे धर्म और नीति पालन से तेरे पितृकुल और श्वसुर कुल दोनों, देवताओं से अपना अभिप्रेत और पुण्य लाभ करेंगे। बेटी, राजा ने तुझे अंतःपुर में प्रमुख स्थान देने तथा तेरे पुत्र को अपना उत्तराधिकारी नियुक्त करने का वचन दिया है। बेटी, तू ऐसा अधिकार और सम्मान पाकर भी निरभिमान रहना और अपनी सपत्नियों से सहिष्णु उदार व्यवहार करना। तू सपत्नियों से कटुता पाकर भी अपने पति के संतोष के लिए सपत्नियों के प्रति सहृदय रहना। बेटी, पत्नी के लिए सब देवताओं की उपासना पति देव की उपासना में समाहित है तथा पत्नी के सब धर्मों की निष्पत्ति पातिव्रत धर्म की पूर्ति में है। तू पतिव्रता की भाँति कभी अपने सुख-संतोष की चिंता न कर पति की तुष्टि और संतोष को ही अपना सुख समझना। तू पतिव्रता सती नारी के धर्मानुसार तन-मन से पति की एकनिष्ठ भक्ति करना। कभी उसके वचन और कार्य में भूल और अपराध मत देखना। पति के संतोष और सेवा को ही तू एक मात्र सत्य धर्म तथा स्वर्ग प्राप्ति का मार्ग समझना। पति कुल में श्वसुर-सास तथा पति के सम्बन्धियों, मित्रों और उस कुल के पशु-पक्षियों की सेवा और संतोष को भी अपना धर्म समझना। तेरे तात और माता ने तेरी जन्म घुट्टी में और श्वास-श्वास में तुझे पति-सेवा और पातिव्रत धर्म की शिक्षा दी है। तू अपने तन-मन की सम्पूर्ण शक्ति से उसी धर्म में निष्ठा रखकर हमारी शिक्षा को सफल करना। उसी से तू अपने तात-माता को पुण्यवान बनायेगी, अपने पितृकुल तथा आश्रम को उज्ज्वल करेगी। तू अपने पति और पतिकुल को भी भाग्यवान बना कर सौभाग्यवती हो।"

कण्व ने भी शकुन्तला को हृदय से लगा उसका सिर सूंघकर आशीर्वाद दिया–"बेटी, तेरा श्वसुर-गृह गमन मंगलमय हो, तेरी माता ने तुझे जो उपदेश और शिक्षा दी है वही तेरा धर्म है। गृहस्थ में सेवा, विनय तथा पातिव्रत ही नारी की शक्ति होती है। तू सेवा और विनय से ही पतिकुल और पति का हृदय विजय करना। तू पुराणों में वर्णित सावित्री और शैव्या के पातिव्रत आदर्श को निबाहना। बेटी, पतिव्रता नारी के लिए सम्पूर्ण ज्ञान तथा धर्म है–'पतिदेवो भव!' तू पति को ही ईश्वर मान कर उसकी आज्ञा और सेवा में समर्पित रहना।"

प्रियंवदा शकुन्ला का कटि से आलिंगन किये बिलख रही थी। वह उसे छोड़ना ही नहीं चाहती थी। शारद्वत और कण्व ने उसे बाहुओं से पकड़ लिया। शारंगरव और अनुसूया शकुन्तला के बाहुओं को सहारा देकर हस्तिनापुर की ओर चल पड़े।

शारंगरव और अनुसूया शकुन्तला को लेकर नदी तट के झाड़-पात से संकुल मार्ग पर हस्तिनापुर की दिशा में जा रहे थे। नदी की ओर से एक पक्षी वेग से उड़ता हुआ आया और शकुन्तला के सिर को छूता हुआ वन की ओर चला गया।

"हाय यह कौन पक्षी है?" शकुन्तला ने पूछा। सम्भवतः चक्रवाकी थी।" शारंगरव ने उड़ते हुये पक्षी की ओर देखकर अनुमान प्रकट किया।

शकुन्तला के पद शिथिल हो गये–"एकाकी चक्रवाकी। हा, यह तो विरह द्योतक अशकुन है। मैं तो पति के घर जा रही हूँ।"

"अनुमान ही तो है, पक्षी को ठीक से नहीं पहचाना।" अनुसूया ने सांत्वना दी, "शुभारम्भ में अशकुन की शंका उचित नहीं।"

× × ×

राजा दुष्यन्त ने तीन पक्ष के आखेट-प्रवास से राजधानी में प्रत्यागमन किया। राजा को आखेट-शिविरों में तथा राजधानी लौटते समय मार्ग में दूतों द्वारा संवाद प्राप्त होते रहे थे कि मद्र के प्रतापी राजकुल की पुत्री ज्येष्ठा रानी लक्षणा उसके दर्शन के लिए अति आतुर थी। मद्र के शक्तिशाली राजकुल के संबंध से राजप्रासाद में रानी लक्षणा का विशेष प्रभाव था। राजा भी मद्र राज्य के प्रति मैत्री और सद्‌भावना की इच्छा से रानी लक्षणा के संतोष का विशेष ध्यान रखता था।

दुष्यंत राजधानी में पहुँच कर, यात्रा के पश्चात् विश्राम किये बिना ही, प्रतीक्षा में उपस्थित मंत्रियों के निवेदन सुनने के लिये मंत्रणा-कक्ष में चला गया। राजा मंत्रणा-कक्ष के द्वार से निकला तो तीनों महारानियों के प्रांगणों की संवादवाहिका दासियां निवेदन के प्रयोजन से ग्रीवा नत किये सम्मुख खड़ी थीं। दासियां तुरन्त दर्शन की प्रार्थना के लिये अपनी स्वामिनियों के संदेश लेकर आईं थीं। राजा ने सम्मुख अन्तःपुर के मध्यम प्रांगण में महारानी लक्षणा के कक्ष में प्रवेश किया।

रानी लक्षणा ने अपनी द्वारिक दासी से अपने प्रांगण के द्वार की ओर महाराज के आने का समाचार पाया। उसकी अन्तरंग दासी ने स्वामिनी के मद से श्लथ शरीर को स्फूर्ति देने के लिये तुरन्त तीव्र माध्वीक मद्य का चशक तथा ताम्बूल उसके सम्मुख प्रस्तुत किया। तुरन्त सुवासित चूर्ण करतल पर ले रानी के ललाट, कपोलों, ग्रीवा, वक्ष, पीठ तथा बाहु पर मल दिया और भुज-कोटर में इत्र लगा दी। नवस्फुटित कुसुम माला उसके जूड़े पर बाँध दी।

रानी नव चशक से स्फूर्ति पाकर स्वर्ण आधार पर घृत का दीपक और अक्षत आदि ले द्वार पर आ गयी। रानी ने आरती से महाराज की वन्दना की। उन्हें रजत पीठिका पर आसन दे पाद अर्ध्य दिया। राजा के सत्कार का उपचार पूर्ण कर रानी लक्षणा असन्तोष से मुख मोड़ मान के कटाक्ष से बोली–"महाराज दो पक्ष से अधिक समय तक मेरे संवादों की अवहेलना करके मेरी जिन सौभाग्यवती सौतों के आलिंगनों में रमण करते रहे, अब भी जाकर उन्हीं को कृतार्थ करें। यह दासी तो देवताओं की कृपा से राजकुल के प्रति अपने कर्त्तव्य को निबाह कर मौन रहेगी।"

दुष्यन्त ने स्नेहालिंगन के लिए रानी लक्षणा की बाहु पकड़ उसे अपनी ओर खींचते हुए स्नेह द्रवित स्वर में कहा–"हृदयेश्वरी, तुम्हारे संवादों के कारण ही अधीर होकर मैं

अनेक आवश्यक कार्यों को अपूर्ण छोड़कर भी व्यग्रता में चला आ रहा हूँ। अंगरक्षक तथा कंचुकि साक्षी हैं, तुम्हारे प्रेम के इस बन्दी ने प्रातः से वेगवान दीर्घ यात्रा के पश्चात्, इस समय तक क्षण भर भी विश्राम नहीं पाया है! तुम्हारे दर्शन के लोभ की व्याकुलता में राजप्रासाद के द्वार पर प्रतीक्षा करते मंत्रियों के निवेदन खड़े-खड़े सुने और तुम्हारे दर्शन की तृष्णा से दौड़ा आया हूँ। मेरे हृदय पर अपना ऐसा अधिकार देख कर भी तुम मेरी विह्वलता से ही सन्तोष पाना चाहती हो। तुम्हारा प्रणयदास तुम्हारे हृदय में गुप्त रहस्य सुनने के लिये अधीर है। उसे अपने रहस्य से अवगत करो।''

रानी लक्षणा राजा की उत्सुकता को उत्तेजित करने के लिए उसके आलिंगन से बचने का प्रयत्न करती हुई कटाक्ष से बोली–''स्वामी, तुम तो मधुप हो। सदा नव-पराग तथा नव-मधु के अभिलाषी। तुम्हें भुक्त पुष्पों से क्या अनुराग! तुम तो नित्य नवीन के कामी हो, तुम्हें तो वैचित्र्य से आकर्षण है। तुम्हारे विस्तृत राज्य में राजपुरुषों की भाँति ही तुम्हारी कृपापात्र उप-पत्नियाँ भी फैली हुई हैं। सच बताओ, प्रवास में नवीनाओं के रमण-विनोद से मन अघा गया है कि नहीं! कितनी पार्वत्य तथा वन-हंसिनियों का आखेट करके आये हो?''

दुष्यन्त ने रानी लक्षणा के मद से डगमगाते शरीर को अपनी सबल भुजाओं में जकड़ कर, उसके मुख से निकलते उपालम्भ को अपने ओष्ठों से अवरुद्ध कर दिया। राजा ने प्रातः से किसी भी प्रकार के मद्य का सेवन नहीं किया था अतः अपना मुख रानी की नासिका और ओष्ठों के संसर्ग में आने से उसे रानी के श्वास और ओष्ठों से मद्य की गन्ध तथा जावित्री, जायफल आदि ताम्बूल-तेमनों की तीव्र सुगन्ध अनुभव हुई। उसे लगा, वह मद्य के कुतुप तथा ताम्बूल पेटिका का चुम्बन कर रहा है। तुलना में प्रसाधनहीना शकुन्तला के केशों और त्वचा की, नवयुवती नारी की कामोद्दीपक गन्ध की स्मृति मस्तिष्क में कौंध गयी। दुष्यन्त ने अपने आप को बस में कर समयानुकूल बात कही–''ये सुन्दर ओष्ठ जितने कटुभाषी हैं उतने ही मधुर भी हैं। इन ओष्ठों के रस से उन्मादित को दूसरा कौन रस मोह सकता है। प्रवास के समय तुम्हारे इस प्रेम-बन्दी का ध्यान तो तुममें केन्द्रित था उसे हिंसक पशुओं के नियन्त्रण और राज्य-व्यवस्था में शैथिल्य की ओर उचित ध्यान देने के लिए भी धैर्य न था। उसका मन अन्य किसी प्रसंग की ओर कैसे जा सकता था।''

लक्षणा ने मान त्याग कर राजा के कान के समीप मुख कर उसे रहस्य से अवगत किया–''आर्यपुत्र, तुम्हारे आखेट प्रवास के लिए जाने के चौथे ही दिन गर्भ का भास हो गया था। दो पक्ष पश्चात् भी पुनः रजस्वला न होने से उसमें सन्देह नहीं रहा। राजमाता ने सूचना पाकर तत्काल ज्योतिषी से गर्भ के विषय में गणना करवायी थी। ज्योतिषी का विचार है कि मेरे गर्भ में तुम्हारा पुत्र चक्रवर्ती के लक्षणों से युक्त है। ज्योतिषी का परामर्श है, शुभ प्रसंगों में अनिष्टकामी ईर्ष्यालुओं की कुदृष्टि की आशंका रहती है। यह संवाद छः मास तक गुप्त रखा जाये। मेरी सपत्नियों का सौभाग्य अचल हो। स्वामी, यह प्रसंग उनसे निश्चय ही गुप्त रखें।''

रानी से रहस्य सुनकर राजा के नेत्र फैल गये। स्मृति में कौंध गया–वह शकुन्तला के गर्भ से उत्पन्न पुत्र को ही राज्य का उत्तराधिकारी बनाने का वचन दे आया था। उसने सावधान होकर चिन्ता से उठते विश्वास को आनन्दोच्छ्वास के रूप में प्रकट किया और

अपनी ग्रीवा से मणियों का कण्ठा उतार कर शुभ संवाद के पुरस्कार में रानी लक्षणा को पहना दिया।

दुष्यन्त रानी लक्षणा के कक्ष से निकला तो उसका मन अवसन्न था। उसने रानी लक्षणा के कक्ष के द्वार पर खड़ी रानी हंसपदिका और रानी बसुमती की संदेशवाहिका दासियों की ओर से दृष्टि फेर ली। वह राजमाता के कक्ष की ओर चला गया। कुछ पल राजमाता का दर्शन तथा आशीर्वाद प्राप्त कर विश्राम के लिए चतुश्शाल में चला गया।

संध्या समय विदूषक माधव्य राजा के विनोद तथा संगति के लिए चतुश्शाल में उपस्थित था। परिपार्श्विक के संकेत से सुगन्धित कौशेय वस्त्रों, आभूषणों तथा पुष्पों से सुसज्जित सुन्दर तरुणी दासियों ने राजा के सम्मुख स्वर्ण आधार पर दिव्या, सुदर्शन, माध्वीक, मैरेय, कापिशायिनी मद्यों के रत्न जटित स्वर्ण कुतुप, स्फटिक चशक तथा अनेक मिष्ट-लवण व्यंजन, फलादि प्रस्तुत कर दिये। पार्श्ववर्ती कक्षों और अलिन्दों से वीणा, मुरज-मृदंगादि वाद्यों, कोकिल कण्ठी गायिकाओं के स्वरों तथा नर्तकियों के नूपुरों की अस्फुट ध्वनि कक्ष में आने लगी। सान्ध्य-विनोद के सभी साधन समीप प्रस्तुत थे। राजा ने सम्पूर्ण दिवस की व्यस्तता और श्रान्ति के पश्चात् भी पान में उल्लास अनुभव नहीं किया। उसके संकेत मात्र की प्रतीक्षा करते संगीत-नृत्य के आयोजनों ने भी उसकी रुचि को आकर्षित न किया।

विदूषक ने राजा को अति व्यस्तता से क्लान्त अनुमान कर उसके मन में पुलक उत्पन्न करने के लिए रहस्य वार्ता आरम्भ की–"राज-माता का आदेश उचित है, द्रोहियों और ईर्ष्यालुओं की कुदृष्टि से रक्षा के लिए रहस्य अवश्य गुप्त रखा जाय परन्तु अन्नदाता अभयदान दें तो सेवक पुरस्कार की आशा करे।"

दुष्यंत ने धीमे स्वर में पूछा–"कहो!"

माधव्य अनुनय से खीस-निपोर, अंजलि बांध कर बोला–"तत्र भवान् प्रतापी महाराज, महाभागा महारानी लक्षणा को मणिहार पुरस्कार देने के लिए अकिंचन सेवक की बधाई स्वीकार करें।"

दुष्यन्त पल भर विचार में मौन रहा फिर उसने अपनी वाम भुजा से मणिजटित अंगद उतार कर विदूषक की अंजलि में डाल दिया और बोला–"मित्र माधव्य, तुम्हारे संवाद से प्रकट हो गया राजप्रासाद में रहस्यों की रक्षा किस प्रकार होती है। शुभ संवाद के लिए पुरस्कार तो लो परन्तु स्मरण रहे, यदि तपोवन का कोई रहस्य किसी भी प्रकार फूटा तो आखेट-शिविर के सम्पूर्ण परिकर सहित तुम्हारा सिर भी भूमि पर...।"

माधव्य ने तुरन्त राजा का चरण स्पर्श कर शपथ ली–"अन्नदाता को विश्वास हो, सेवक को वह प्रसंग विस्मृत हो गया।" विदूषक ने राजा का मन हलका करने के लिए एक बार पुनः आपानक और विनोद-प्रसंग का संकेत किया परन्तु राजा की रुचि न देख मौन रह गया।

दुष्यंत संध्या आहार के पश्चात् व्यसन-विनोद में रुचि अनुभव न कर एकान्त की इच्छा से शयन-कक्ष में जाकर पर्यंक पर लेट गया। राजा को निद्रा गत होने में सहाय देने के लिए वैतालिक शयन-कक्ष के अलिंद में उसका प्रिय वाद्य मृदंग धीमें स्वर में बजाने

लगे। अंगरक्षिका यवनियों ने राजा की निद्राकामना अनुमान कर कक्ष के चारों कोनों में प्रज्ज्वलित सुगन्धित दीपों का प्रकाश न्यून करने के लिए उन्हें रजत की ढालों से ढक दिया। कौशेय वस्त्र तथा नवपुष्प धारण किये, शरीर पर सुगन्ध लगाये नव-वय तरुणी दासियां, सुवासित द्रव्यों से राजा के कन्धों, बाहुओं, पीठ, जंघाओं पिंडलियों का मर्दन करने लगीं। एक अति सुकेशी दासी अपने दीर्घ कोमल सुचिक्कण केशों से राजा के पादतालुओं को सहलाने लगी। राजा ने लगभग घड़ी का चतुर्थांश समय दासियों की सेवा स्वीकार कर अनिच्छा का संकेत कर दिया। अंग-दासियां स्वामी की एकान्त-कामना जानकर कक्ष से चली गयीं। केवल दो व्यजन-दासियाँ राजा की दृष्टि से बचकर मशकों को दूर रखने तथा वातास देने के लिए विशाल व्यजन डुलाती रहीं।

राजा दुष्यन्त मन की अशांति के कारण निद्रा न पा सका। उसका मन तपोवन में ही रह जाने के कारण शरीर भी वश में न था। राजा अपने मन को पुनः पा सकने के लिए शकुन्तला को अति शीघ्र राजप्रासाद में ले आने की व्यग्रता अनुभव कर रहा था। उसे वनज्योत्सना गुल्म में मालिनी के सिकता तट पर तथा वन प्रदेश के लता-कुंजों में कोमल घास तथा सूखे पत्तों पर शकुन्तला की संगति की स्मृति व्याकुल कर रही थी।

दुष्यन्त के तपोवन की स्मृति से व्याकुल, मन में रानी लक्षणा से पाया गोप्य शुभ संवाद शूल की तरह खटक रहा था। मद्य तथा आहारादि के असंयम से रानी लक्षणा का दो बार गर्भपात हो चुका था और वह आठ वर्ष तक पुनः गर्भवती न हुई थीं। लक्षणा से दुष्यंत को अन्य सन्तान की आशा न रही थी। अन्य दो रानियों के भी केवल कन्या सन्तानें ही थीं। रानी लक्षणा से मध्यान्ह में पाये गोप्य शुभ संवाद ने राजा के मन में विकट दुविधा उत्पन्न कर दी थी।

रानी लक्षणा स्वभाव से असहिष्णु तथा ईर्ष्यालु थीं। अन्य दो रानियां उसकी दृष्टि में खटकती रहती थीं। प्रवासकाल में ही राजा को चिन्ता थी कि शकुन्तला के राजप्रासाद में आने पर रानी लक्षणा के असंतोष का विकराल विभ्राट होगा। रानी लक्षणा की गर्भावस्था में उसका असंतोष विशेष आशंका का कारण हो गया। उसके असंतोष के कारण अन्तःपुर में ही नहीं, मद्रराज से भी मनोमालिन्य की आशंका थी। राजा ने आसक्ति के अतिरेक में ऋषि कण्व के आश्रम में शकुन्तला के पुत्र को राज्य का उत्तराधिकारी बनाने का वचन दे दिया था। अब वह वचन उसके मन को उद्विग्न कर रहा था। उसकी उद्विग्नता का सर्वोपरि कारण था, शकुन्तला को तुरन्त पुनः प्राप्त कर सकने में बाधा।

राजा मन की उद्विग्नता में पर्यंक पर शांति न पा सका। वह पर्यंक छोड़ कर खड़ा हो गया। अंगरक्षिका यवनियों से कुछ बोले बिना वह कक्ष से बाहर शिलामण्डित प्रांगण में जाकर नक्षत्रों की ओर दृष्टि उठाये प्रांगण की परिक्रमा करने लगा। नक्षत्रों के स्निग्ध प्रकाश और पवन की शीतलता से भी राजा को शान्त न मिली। उसे मन की उद्विग्नता से सिर-पीड़ा अनुभव होने लगी।

राजा ने अंगरक्षिका यवनियों को सम्बोधन कर रानी हंसपदिका के कक्ष में जाने की इच्छा प्रकट की। राजा का अभिप्राय जानकर एक दासी तुरन्त समाचार देने के लिए रानी हंसपदिका के कक्ष की ओर दौड़ती हुई चली गयी।

दुष्यंत की गौड़ देशीया रानी हंसपदिका प्रखर बुद्धि तथा रंजन कला में विशेष निपुण थी। नव-वय और विशेष रूपवती तृतीया रानी वसुमती के राज-प्रासाद में आने पर भी

हंसपदिका के चातुर्य तथा काम-केलि प्रवीणता के कारण उसके प्रति राजा का अनुराग न्यून न हुआ।

रानी हंसपदिका ने राजा के नगर में प्रत्यागमन की संध्या उसे अपने कक्ष में पाकर गर्व अनुभव किया। राजा की मुद्रा तथा व्यवहार से उसने राजा का उद्विग्न भाव भांप लिया। चतुर हंसपदिका ने राजा के उद्भ्रान्त मन को रमा लेने के लिए रात्रि के तीसरे पहर तक काम-केलि के सूक्ष्म कौशल का प्रयोग किया परन्तु वह अपने सम्पूर्ण चातुर्य का प्रयोग करके भी सफलता का संतोष न पा सकी।

राजा दुष्यंत का मन विकट द्वन्द्व में था। वह शकुन्तला को अति शीघ्र हस्तिनापुर में ले आने के लिए व्याकुल था परन्तु उसे राजप्रासाद में लाने से पूर्व इस विषय में मंत्रियों का समर्थन पा लेना चाहता था। यह कार्य सम्पन्न कर लेने से पूर्व राजा तपोवन की घटना का समाचार राजप्रासाद तथा प्रजा में फैलने नहीं देना चाहता था। उसने प्रत्येक मंत्री से, एकान्त में रहस्य-रक्षा की प्रतिज्ञा लेकर इस विषय में मंत्रणा की। मंत्रियों ने तपोवन-पोषिता, अज्ञात-कुलशीला नवयुवती को अन्तःपुर में लाकर राजकुल की देवियों के समान स्थान देना राजनीति के प्रतिकूल बताया। ऐसे व्यवहार से तीनों रानियों के पितृकुलों–मद्र, गौड़ तथा विदर्भ के राज्यों के असंतोष तथा उनसे वैमनस्य उत्पन्न हो जाने की आशंका की ओर ध्यान दिलाया। राजा का मन अनिश्चय की व्याकुलता में तड़पता रहा।

राजा दुष्यन्त शकुन्तला के वियोग में व्याकुल अपने मन को व्यवस्थित करने के लिए प्रयत्न कर रहा था। वह अपने मन को वश में रखने के लिए राज-कार्य और न्याय-व्यवस्था में पूर्वापेक्षा अधिक व्यस्त रहने लगा। वह पहले जिन प्रसंगों को गौण मानकर राजमंत्रियों द्वारा विचार के लिये छोड़ देता था अब उनमें भी रुचि लेने लगा। इस पर भी राजा का मन और मस्तिष्क शकुन्तला की कामना में व्याकुलता अनुभव करते रहे।

दुष्यंत मन को व्याकुल करने वाली स्मृतियों से बचने के लिए संध्या समय प्रभूत मद्यपान कर लेता। वह व्यसनों तथा केलि-क्रीड़ाओं में आत्मविस्मृत हो जाने का यत्न करता परन्तु उसका मन न आपानक में, न द्यूत में, न अन्य क्रीड़ाओं में रम पाता। वह सम्पूर्ण रात्रि वारांगनाओं का संगीत सुनते तथा नृत्य देखते बिता देता परन्तु उसके मन की विकलता न मिटती। चतुश्शाल में उसे कौशेय वस्त्रों तथा मणि-माणिक्य के आभूषणों से मण्डित, चम्पक, पाटल, मृङ्गांक तथा अगरु से सुवासित शरीर तथा केश, लोल लास्य में पारंगत नववय तरुणियां घेरे रहतीं। चतुश्शाल उन रमणियों के कंकणों-नूपुरों, विनोद प्रसंगों तथा अट्टहास से गूंजता रहता। दुष्यंत नेत्रों से यह सब देखता हुआ भी कल्पना में वनज्योत्सना गुल्म, पालिनी सिकता तट तथा वन्य लता-कुंजों में संक्षिप्त वल्कल वेष्ठित मुग्धा शकुन्तला के समीप रहता। उसके कान, कंकण-नूपुरों तथा अट्टहास के गूंज में शकुन्तला के अस्फुट बोल सुनते रहते। अनेक प्रकार की सुगन्धियों में उसकी नासा शकुन्तला के शरीर, रुक्ष केशों तथा स्वेद की सुगंध के लिए तृषित रहती।

दुष्यन्त का मन राजप्रासाद के कक्षों तथा अलिन्दों की सुचिक्कण चित्रांकित भित्तियों में तथा विष्टरों, आस्तरणों से मण्डित कक्षों में विरक्ति अनुभव करने लगता। वह प्रासाद के उद्यान में जाकर लता-वृक्षों की वीथियों में भ्रमण करने लगता। उद्यान में भी उसका मन संतोष न पाता। प्रासाद के उद्यान में चरणों के नीचे सूखे पत्ते पिसने का 'मर-मर'

शब्द न होता, न शूलों से सावधानी की आवश्यकता, न जीर्ण वनस्पति की काषाय गन्ध। यह अभाव शकुन्तला की स्मृति को उग्र कर देता। राजा का मन वन के वातावरण तथा वन-वासिनी शकुन्तला के लिये आतुर हो जाता।

दुष्यन्त विदूषक के साथ राजोद्यान में भ्रमण कर रहा था। वह अपनी व्याकुलता वश में न कर सका, माधव्य से बोला–"मनुष्य, वन की रमणीकता की कामना में उद्यान का निर्माण करता है परन्तु उद्यान में वन की शोभा की गरिमा सम्भव नहीं होती। वन का सौन्दर्य देवकृत प्राकृत तत्वों से स्वतः उद्भूत होता है। उद्यान का सौन्दर्य मानव की सीमित कल्पना तथा प्रसाधन सामर्थ्य से प्राकृत की अनुकृति मात्र होती है। प्रसाधन से प्रस्तुत सौन्दर्य कृत्रिम होता है, केवल प्रवंचना मात्र! मित्र, नगर-नारी का प्रसाधन असुन्दर को ढक लेने का ही प्रयत्न होता है, वह प्राकृत सौन्दर्य तथा लावण्य का संतोष नहीं दे सकता। अम्बुज-मधु के सुगन्ध-स्वाद से परिचित व्यक्ति को गुड़ नहीं रिझा सकता। उसी प्रकार स्वतः स्फुट वन-पुष्पों के सुवास से पोषित प्राकृत-लावण्य का रसज्ञ हृदय, प्रवंचक प्रसाधनों से ढके नीरस नागर-नारी शरीरों से नहीं रीझ सकता।"

माधव्य तीन मास से निरन्तर राजा की उद्विग्नता का आभास पा रहा था। उस उद्विग्नता के कारण से अवगत होकर भी उस प्रसंग से अज्ञान की मुद्रा बनाये था। राजा को तपोवन की चर्चा करते देख उसने अनुमान किया–राजा मन का बोझ बंटाना चाहता है। राजा को वांछित अवसर देने के लिए बोला–"प्रतापी अन्नदाता का संकेत हो तो वन में राजोद्यान तथा राजोद्यान में वन प्रस्तुत हो सकता है।"

माधव्य की सहानुभूति से दुष्यन्त के मन को निरन्तर मथने वाली चिन्ता ओठों पर आ गयी। राजा ने विदूषक को एक कुञ्ज में अपने समीप बैठा लिया और शकुन्तला को राजाप्रासाद में ला सकने के मार्ग की बाधायें बताने लगा।

दुष्यंत तपोवन में शकुन्तला के सौंदर्य और लावण्य के दुर्दम्य आकर्षण से इतना अभिभूत हो गया था कि उस समय आश्रम तरुणी को प्राप्त करने में कोई भी विचार और बाधा राजा को अलंघ्य अथवा सह्य न जान पड़ी। राजधानी से दूर होने के कारण उसे रानी लक्षणा तथा अन्य रानियों के असंतोष तथा खिन्नता का विचार न आया। उस समय राजा की चिन्ता थी तो केवल महर्षि कण्व की जगतव्यापी ख्याति के कारण, तपोवनों में अपने व्यवहार से अपवाद के प्रसार की अथवा शकुन्तला के अपमान अनुभव करके रुष्ट हो जाने की। उस समय गौतमी, शारंगरव और अनुसूया ने अपनी कन्या के हित के विचार से जो भी आपत्ति की अथवा अनुरोध किये, दुष्यन्त ने आश्रमवासियों को सन्तुष्ट कर शकुन्तला को गन्धर्व विवाह द्वारा पाने के लिए उन्हें स्वीकार कर लिया था परन्तु राजधानी में उसके सम्मुख दूसरी ही परिस्थिति थी। मंत्रियों की आपत्ति के कारण गौतमी और अनुसूया को दिया वचन उसे नीति के विचार से अव्यावहारिक और अदूरदर्शिता प्रतीत हो रहा था।

माधव्य ने राजा की चिन्ता का अनुमोदन किया–"नीतिविद् महाराज का विचार सर्वथा सत्य है। देवताओं तथा तपस्वियों के असंतोष की चिन्ता परलोक का विषय है। दान-दक्षिणा उस असंतोष के सहज प्रायश्चित हैं परन्तु पड़ोसी शक्तिमान राजवंशों से मनोमालिन्य इस लोक की दुःसाध्य समस्या होगी। उसके प्रायश्चित के लिए सशस्त्र संघर्ष अथवा रक्तपात की भी आवश्यकता हो सकती है। महाराज, राजाओं और सामर्थ्यवानों के

लिए बहु-विवाह अथवा अनेक पत्नियाँ, रीति और नीति विहित हैं। गौड़ देश के राजवंश की कन्या महाराज की द्वितीया रानी के आने पर मद्र के राजकुल ने आपत्ति नहीं की। विदर्भ के राजवंश की कन्या महाराज की तृतीया रानी के आने पर मद्र तथा गौड़ राजवंश आपत्ति न कर सके परन्तु अन्नदाता एक तपोवन की कन्या को राजवंश की कन्याओं के समकक्ष रानी का आसन प्रदान करेंगे तो तीनों ही राजवंशों के असंतोष तथा रोष का कारण होगा।

"महाराज, निश्चय ही वचन का महत्व है परन्तु अन्नदाता कार्य के प्रभाव तथा परिणाम के महत्त्व की भी उपेक्षा उचित नहीं।" विदूषक ने राजा की व्याकुलता के समाधान के लिए सुझाया, "सर्वसामर्थ्यवान अन्नदाता, आश्रम कन्या के लिए अन्यत्र प्रबन्ध कठिन नहीं है। महाराज आखेट तथा राज्य-व्यवस्था निरीक्षण के प्रयोजन से इच्छानुकूल किसी भी दिशा में यात्रा और प्रवास कर सकते हैं।" माधव्य ने शेष प्रसंग के लिए नेत्र का कोना दबा कर संकेत किया।

राजा दुष्यन्त नीति तथा व्यवहार कुशल होने पर भी भ्रमरवृत्ति रसिक, कामी पुरुष था। शकुन्तला पर मोहित होने से पूर्व भी वह आखेट-यात्रा तथा राज्य व्यवस्था निरीक्षण प्रवास के अवसरों पर, पर्वतीय तथा ग्राम्य-कन्याओं पर आसक्त हो जाता था। उसकी इस प्रकार की आसक्ति चिरस्थायी न होती थी। ऐसी सुन्दरियों को वह रानियों के असंतोष अथवा जन-अपवाद की आशंका से राजधानी में न लाता था। उनसे प्रवास में संतोष प्राप्त करने पर उनके प्रति सहृदयता और कृपा से उनके सुविधामय निर्वाह के निमित्त भूमि अथवा ग्रामों की आय का दान दे देता था परन्तु इस प्रसंग में महर्षि कण्व की व्यापक ख्याति, उनके प्रभाव तथा शकुन्तला की स्वाभिमानी प्रकृति के कारण उस प्रकार के प्रबन्ध से समाधान न हो सकता था।

राजा को आखेट-प्रवाह से हस्तिनापुर लौटे तीन मास व्यतीत हो गये थे। सब साधन और सामर्थ्य होते हुए भी वह शकुन्तला के लिए अपनी व्याकुलता का उपाय न कर पाया था। समय के अभ्यास और प्रवाह से उस वेदना के अंकुश की अनुभूति क्षीण होती जा रही थी। हृदय की वेदना को भुलाने के लिए राजा ने एक अवलम्ब भी पा लिया था। राजज्योतिषी ने रानी लक्षणा के गर्भ से पुत्रोत्पत्ति का आश्वासन दिया था। रानी पुत्र-कामना से, अपने विचार तथा सामर्थ्य के अनुसार समय और पथ्य से गर्भ का समय निभा रही थी। राजा के मन में उत्तराधिकारी की प्राप्ति की आशा जाग उठी थी। वह आयु, मनोवस्था तथा अति विलास की श्रांति भी अनुभव करने लगा था।

दुष्यन्त ने रहस्य प्रसंग में माधव्य के परामर्श से अनुमान किया—सम्भवतः ऋषि कण्व, अपनी कन्या के प्रति अति वात्सल्य के कारण उसे आश्रम में ही रखकर सन्तुष्ट हैं अथवा स्वाभिमान के कारण राजा को उसका वचन स्मरण कराने में विरक्ति अनुभव करते हैं, अथवा शकुन्तला ने एक पक्ष के सहवास में गर्भ धारण न किया हो और महर्षि ने आश्रम-कन्या को तपोवन में समीप ही रखने के विचार से उसका पुनर्विवाह तपोवनवासी अन्य युवक से कर दिया हो।

राजा अपने अनुमानों द्वारा जटिल समस्या से मुक्ति का आश्वासन पाता था। इस प्रकार दो मास और बीत गये। राजा ने कण्व के आश्रम से कोई भी संदेश अथवा उपालम्भ न पाया। आश्विन मास के प्रथम पक्ष में, ऋषि वागीश ने मालिनी तट के

तपोवन से स्थानेश्वर तीर्थ की यात्रा के मार्ग में दो दिवस हस्तिनापुर में विश्राम किया था। तपस्वियों के सेवक, धर्मभीरु राजा के नियम के अनुसार ऋषि वागीश, राजा को दर्शन तथा आशीर्वाद देने के लिये राजप्रासाद में भी पधारे थे। ऋषि वागीश ने राजा को महर्षि कण्व का संदेश तथा शकुन्तला की गर्भावस्था का समाचार भी दिया।

ऋषि वागीश से समाचार पाकर दुष्यन्त के मन में पुनः शकुन्तला के लिए व्याकुलता जाग उठी। उसने विदूषक माधव्य से परामर्श किया। माधव्य प्रासाद की आन्तरिक स्थिति तथा रानियों की भावनाओं से अवगत था। उसने रहस्य के स्वर में विचार प्रकट किया–"प्रतापी अन्नदाता छः मास पूर्व ही इस विषय में निर्णय कर चुके हैं। छः मास उसी निर्णय के अनुसार आचरण भी किया है। उस निर्णय के विपरीत व्यवहार से आश्रमवासी तथा अन्तःपुरवासी भी महाराज के अशोभन आचरण का दोष मानेंगे। महाराज, यदि छः मास पूर्व आश्रमकन्या को प्रासाद में स्थान देने में दुविधा थी तो अब छः मास का गर्भ लिये तपोवन की युवती को रानी के रूप में ग्रहण करना, सम्पूर्ण समाज में विद्रूप का कारण नहीं होगा? इस प्रसंग में प्रासाद और प्रजा में स्वभावतः यह अपवाद फैल जायेगा कि महाराज वनों और तपोवनों में रतिदान के अभ्यासी हैं।"

माधव्य के परामर्श से दुष्यन्त ने समस्या का समाधान, मौन द्वारा कण्व के संदेश की अवहेलना में ही समझा।

कार्तिक मास के अन्त में रानी लक्षणा का प्रसव-काल समीप आ गया था। वह आसन्न प्रसव की असुविधायें अनुभव कर रही थीं। उसके कक्ष की दासी नित्य ही दर्शन की प्रार्थना का संदेश लेकर राजा के सम्मुख उपस्थित हो जाती थी। दुष्यन्त ने दिवस के प्रथम प्रहर में मंत्रणा-कक्ष में राजमंत्रियों से विचार-विमर्श कर और रानी लक्षणा को दर्शन देकर माधव्य के साथ चतुश्शाल में विश्राम के लिए प्रवेश किया ही था कि चतुश्शाल की वेत्रवती यवनी संवाद देने के अभिप्राय से समादर में गीवा झुकाकर सम्मुख खड़ी हो गयी।

राजा से जिज्ञासा का संकेत पाकर यवनी ने निवेदन किया–"महाप्रतापी चक्रवर्ती की जय हो। प्रासाद के द्वार से कंचुकि प्रार्थना करता है, मालिनी नदी तट के तपोवन से तापस और तपस्विनियां महाराज के साक्षात्कार के लिए प्रतीक्षा कर रहे हैं।"

'मालिनी नदी तट के तपोवन' शब्दों से दुष्यंत की भृकुटि तनिक उठ गयी। यवनी को उत्तर देने से पूर्व उसकी दृष्टि पार्श्व में उपस्थित विदूषक की ओर गयी। माधव्य भी सतर्क होकर राजा के भाव का अनुमान करने के लिए राजा की ओर देख रहा था।

माधव्य ने निवेदन किया–"अन्नदाता, सेवक को धर्मसंकट की आशंका का अनुमान हो रहा है।" उसने राजा को विचार की सुविधा देने के लिए सुझाव दिया, "महाराज उचित समझें तो तपस्वियों के प्रति सम्मान के लिए उनसे यज्ञशाला में ही साक्षात्कार उचित होगा।"

माधव्य ने राजा से स्वीकृति का संकेत पाकर, राजा की ओर से यवनी को उत्तर दिया–"धर्मज्ञ महाराज का आदेश है, अतिथि तपस्वियों की सेवा फलफूल आदि से करने के पश्चात् उन्हें महाराज के साक्षात्कार के लिए यज्ञशाला में आसन दिया जाये।" वेत्रधारी यवनी आदेश पाकर चली गयी।

दुष्यंत समाचार से उत्पन्न चिन्ता में आधी घड़ी विचार में मौन रहा। विदूषक ने राजा को चिन्ता में सहायता के लिए उसकी ओर झुककर रहस्य के स्वर में सुझाया–"महाराज को तपोवन के आश्रम में महर्षि कण्व का दर्शन-लाभ तो नहीं हुआ था!"

दुष्यंत ने मौन रह ग्रीवा से नकार का संकेत किया।

विदूषक पुनः रहस्य के स्वर में बोला–"महाराज, आश्रम में आखेटक के वेश में गये थे, राजसी वेश में नहीं।"

दुष्यंत ने स्वीकृति का संकेत किया।

विदूषक राजा के समीप होकर बोला–"अन्नदाता, आश्रमवासियों ने महाराज का परिचय आखेटक के रूप में ही पाया था। अन्नदाता, यह असंभव नहीं कि किसी मायावी आखेटक ने महाराज का नाम, रूप धर कर आश्रमवासियों को छला हो। महाराज वंचिता तपोवन कन्या का उपकार दान-दक्षिणा से कर सकते हैं।" दुष्यंत प्रायः आधी घड़ी तक एकान्त में माधव्य से परामर्श करता रहा।

राजप्रासाद की यज्ञशाला में शारंगरव, अनुसूया और शकुन्तला महाराज दुष्यंत के दर्शन की प्रतीक्षा में राज्यासन के सम्मुख कुशासनों पर बैठे हुए थे। उत्सुक प्रतीक्षा में उनके नेत्र यज्ञशाला के द्वार की ओर लगे थे। उन्हें यज्ञशाला के द्वार से प्रतिहारी की चेतावनी सुनाई दी–"प्रजाजन, ससम्मान सावधान! देवताओं के प्रिय, धर्मकीर्ति, महाप्रतापी, चक्रवर्ती महाराज दुष्यंत यज्ञशाला में पधार रहे हैं।"

शारंगरव, अनुसूया और शकुन्तला अपने आसनों पर सतर्क हो गये। प्रतिहारी की पुकार सुनकर शकुन्तला के शरीर में प्रीतम के आसन्न दर्शन की आशा से पुलक और रोमांच हो आया। उसने अपने मुख पर आवेग की ऊष्मा अनुभव की और संकोच से नेत्र झुका कर सिर का उत्तरीय ललाट पर खींच लिया। अनुसूया ने भी नगर में प्रवेश के लिये नागर-समाज की रीति के विचार से कटि पर सूत का शाटक बांध लिया था और कन्धों तथा सिर को उत्तरीय से ढके हुए थी।

दुष्यंत ने यज्ञशाला के द्वार में प्रवेश से पूर्व चंवरधारिणी, व्यजनधारिणी, अंगरक्षक यवनियों तथा अन्य परिकर को द्वार पर प्रतीक्षा करने का संकेत किया–"तपस्वियों के सम्मुख वैभव और प्रभुता नहीं, नम्रता ही शोभा देती है।"

माधव्य ने अनुमोदन किया–"महाराज का विचार सत्य है। ऋषियों और तपस्वियों का प्रसाद और आशीर्वाद ही तो भूमिपालों के रक्षा-कवच तथा शक्ति हैं।"

शकुन्तला ने राजा पति के सम्मुख आने पर लाज और संकोच से उत्तरीय को ललाट पर तनिक और खींच कर प्रणाम की मुद्रा में ग्रीवा झुका ली।

दुष्यंत ने माधव्य के साथ यज्ञशाला में प्रवेश कर राज्यासन की ओर बढ़ते हुए आगन्तुक तपस्वियों की अभ्यर्थना के लिए सम्बोधन किया–"पुण्यधन तपस्वियों का राजप्रासाद में स्वागत है। तपस्वी, देवों-ब्राह्मणों के सेवक क्षत्रिय की अभ्यर्थना स्वीकार करें।"

शारंगरव ने कमण्डल का जल दूर्बा से महाराज की ओर छिड़क कर आशीर्वाद दिया–"देवसखा, धर्मरक्षक, चक्रवर्ती महाराज की जय हो? अन्नदाता के प्रताप का दिगन्त तक विस्तार हो!"

शकुन्तला ने विरह के दीर्घ व्यवधान के पश्चात् प्रियतम का कंठस्वर सुना। पति का अति परिचित स्वर सुनकर उसका हृदय उमंग उठा। उसके लाज से झुके हुए नेत्र उठ न सके परन्तु मन ने प्रियतम की मनोरम आकृति का आभास पा लिया। अपने मुख पर प्रियतम की दृष्टि की कल्पना से उसका शरीर हर्षातिरेक से पुलक-पुलक उठता था। उसके कान शारंगरव के शब्द न सुन सके। उसका उत्सुक हृदय प्रियतम से सम्बोधन सुनने की प्रतक्षा में था।

दुष्यंत ने शारंगरव, अनुसूया और शकुन्तला को कटाक्ष से ही पहचान लिया था। यज्ञशाला में प्रवेश करते ही विदूषक ने राजा के कान के समीप मुख कर दबे स्वर में अनुमान प्रकट कर दिया था–"महाराज, वयोवृद्ध कण्व तो उपस्थित नहीं हैं।"

राजा ने महर्षि कण्व की अनुपस्थिति से सान्त्वना अनुभव की। उसने आगन्तुक तपस्वियों के सत्कार के लिये औपचारिक प्रसन्नता से शारंगरव को संबोधन किया–"तपस्वियों का सेवक यह क्षत्रिय इस प्रासाद में ही पुण्य आत्माओं के दर्शन प्राप्त कर कृतार्थ है। तपस्वियों को नगर-यात्रा में किसी प्रकार का कष्ट अथवा असुविधा तो अनुभव नहीं हुई?

शारङ्गरव ने उत्तर दिया–"धर्म-रक्षक महाराज की धर्मकीर्ति वनों और मार्गों में तपोवनवासियों की रक्षक और सहायक रहती है। हमारी यात्रा का शुभ प्रयोजन, मार्ग में हमारा सहायक रहा।"

दुष्यंत ने शारङ्गरव से जिज्ञासा की—"मालिनी तट के तपोवन में ऋषिगण तथा आश्रमवासी ज्ञानार्जन तथा यज्ञ-याग के धर्मानुष्ठान में किसी प्रकार की बाधा अथवा असुविधा तो अनुभव नहीं करते? तपोवन तथा आश्रमवासियों को दुस्साहसी आततायियों अथवा हिंसक जीवों के कारण तो चिन्ता नहीं होती? राजपुरुष आश्रमवासियों की सुविधा अथवा मनोरथ जानने में, उनकी आवश्यकतायें पूर्ण करने तथा उनकी सेवा में किसी प्रकार के शैथिल्य अथवा प्रमाद का व्यवहार तो नहीं करते?" दुष्यंत ने शकुन्तला को न सम्बोधन किया, न उसकी ओर देखा। वह शारङ्गरव से ही संभाषण कर रहा था परन्तु पूर्व परिचित की भाँति नहीं।

शकुन्तला ने मन में खटक अनुभव की। उसे राजा के परिचित कण्ठस्वर में शब्द और भाव अपरिचित के व्यवहार की भाँति लग रहे थे।

शारङ्गरव ने तपोवनवासियों के प्रति राजा की कृपा पूर्ण चिन्ता, रक्षा तथा राज्य में प्राप्त सब प्रकार की सुविधाओं के लिए कृतज्ञता प्रकट की।

दुष्यंत ने अनुरोध किया–"तपस्वीजन अपने सेवक को अपनी असुविधाओं तथा सम्पूर्ण आवश्यकताओं से निःसंकोच अवगत करें। तपस्वियों की सेवा-सुविधा के लिए यथेष्ट दास-दासियों, हविष आदि के लिए गोरस तथा अन्य सामग्री का प्राचुर्य रहने से ऋषियों का सेवक कृतार्थ होगा।"

शकुन्तला को शंकःपूर्ण विस्मय हुआ–अहा! यह इनका कैसा व्यवहार है! मेरी ओर दृष्टि नहीं करेंगे!

दुष्यंत ने जिज्ञासा की–"नगर की किस दिशा के किस मार्ग को तपस्वियों के चरण स्पर्श का पुण्य प्राप्त हुआ है! मालिनी नदी के तट का कौन वन तपस्वियों के निवास के पुण्य से कीर्त्ति-लाभ कर रहा है?"

शकुन्तला ने हृदय में आघात अनुभव किया–हा! क्या स्वामी पहचान नहीं रहे हैं? अनुसूया के नेत्र भी शंकामय विस्मय से अपलक थे।

दुष्यंत के मुख से अपरिचित की भाँति आश्रम की स्थिति अथवा नाम की जिज्ञासा सुनकर शारङ्गरव को भी विस्मय हुआ परन्तु वह संयम और विनय से बोला–"चक्रवर्ती महाराज के भाल पर दिगंत पर्यन्त शासन तथा न्याय व्यवस्था का भार है। अनेक अति महत्वपूर्ण राजकीय समस्याओं और शासकीय व्यस्तताओं से संकुल मन में, छोटी-मोटी घटनाओं की विस्मृति सम्भव है परन्तु महाराज को पुण्यकीर्ति महर्षि कण्व के आश्रम की स्मृति दिलाने की आवश्यकता नहीं है।"

दुष्यंत ने विनय से स्वीकार किया–"निश्चय! तपस्वीवर का वचन सत्य है। पुण्यश्लोक, विश्वविख्यात, परमज्ञानी वर्चस्वी महर्षि कण्व की कीर्ति से देवलोक भी परिचित है। इस पृथ्वी पर उनकी ख्याति से अपरिचित मनुष्य कौन होगा? मालिनी नदी का तट उनके निवास से पवित्र है, यह भी सर्वविदित है। ऋषियों का यह सेवक अवसर होने पर तपोधन महर्षि के दर्शन का पुण्य-लाभ करेगा।" राजा के उत्तर से शकुन्तला अवसन्न रह गयी। उसकी ग्रीवा झुक गयी, नेत्र मुंद गये।

शारङ्गरव ने राजा को अपरिचित की भाँति औपचारिक विनय का व्यवहार करते और शकुन्तला को न पहचानते देखकर विस्मय और आशंका से स्पष्ट कहा–"न्यायप्रिय महाराज स्मरण करें। महाराज ने चैत्र मास के शुक्ल पक्ष में मालिनी तट पर आखेट-यात्रा की थी। महाराज महर्षि कण्व के आश्रम में पधारे थे। महर्षि कण्व ने महाराज द्वारा गंधर्व-विवाह में परिणीता आश्रम-कन्या को उसके पति की सेवा में भेजा है।"

"गंधर्व-विवाह... परिणीता कन्या को पति की सेवा में!" दुष्यंत ने अत्यन्त विस्मय की मुद्रा में भृकुटि उठाकर जिज्ञासा की।

विदूषक ने भी अति विस्मय की अभिव्यक्ति के लिए हाथ ललाट पर रख लिया और गहरे निश्वास से स्वतः बोल पड़ा–"चमत्कार! विख्यात बाल-ब्रह्मचारी महर्षि की कन्या!"

शारङ्गरव ने आशंका के स्वर में जिज्ञासा की–"महाराज को हम आश्रमवासियों का परिचय अथवा व्यवहार स्मरण नहीं है?"

दुष्यंत ने विस्मय प्रकट किया–"तपस्वियों का तप, ज्ञान और पुण्य ही उनका परिचय है। तपस्वी के सत्कार के लिए राजा को पूर्व परिचय की आवश्यकता नहीं।"

माधव्य ने योग दिया–"महाप्रतापी, पुण्यकामी महाराज के लिए तो सभी तपस्वी, ऋषि और ज्ञानी श्रद्धा आदर के पात्र हैं। खल का दमन और ज्ञानी साधु का वन्दन, महाराज का स्वभाव है।"

शकुन्तला को जान पड़ा, वह प्रियतम के मिलन की कामना से यात्रा कर, प्रियतम के सम्मुख पहुँच उसी के पदाघात से अन्धकूप में गिरी जा रही है। अपमान और लज्जा की असह्य वेदना से उसे इच्छा हुई, यज्ञशाला की स्फटिक शिलायें फट जायें और वह भूमि में समाहित हो जाए।

शारङ्गरव, राजा के क्रूर उत्तर से व्याकुल हो किंकर्त्तव्यविमूढ़ता में मौन रह गया। अनुसूया ने करबद्ध हो राजा को सम्बोधन कर शकुन्तला की ओर संकेत किया–"अन्नदाता क्षमा करें। इस युवती को देखें, क्या महाराज इसे भी नहीं पहचानते?" उसने शकुन्तला के ललाट से उत्तरीय हटा दिया और उसके चिबुक के नीचे हाथ रख मुख को राजा के सम्मुख कर दिया।

दुष्यंत ने शकुन्तला की ओर कटाक्ष-निक्षेप कर अनुसूया से प्रश्न किया–"तपस्विनी अपना अभिप्राय कहे। युवती की क्या आकांक्षा है?"

शकुन्तला ने अपमान और अवसाद के आघात से ललाट को जानु पर टिका लिया।

शारङ्गरव ने कातर-स्वर में राजा से प्रश्न किया–"महाराज, क्या आसमुद्र राज्य की व्यवस्था की चिन्ताओं के भार से इतनी विस्मृति भी सम्भव है?"

अनुसूया क्षोभ से अधीर हो परन्तु विनय से अंजलि-बद्ध हो बोली–"महाराज, विशालमति नीतिज्ञों की ऐसा विस्मृति से तो माया का भ्रम होता है। हम तीनों अल्पमति तो महाराज के रूप, मुद्रा, कण्ठस्वर, सब कुछ पहचान रहे हैं और महाराज को, आश्रम कन्या के प्रति अनुराग की अधीरता में कूप से स्वयं जल कलश खींचकर वाटिका सींचने की इच्छा, शकुन्तला के स्नेह के लिए आश्रम के पोष्य कुरंङ्ग से स्पर्धा, शकुन्तला के पाणिग्रहण की इच्छा से माता गौतमी के सम्मुख प्रार्थना, शकुन्तला के गर्भ से अपने पुत्र को राज्य का उत्तराधिकार देने की प्रतिज्ञा, इसके साथ अनेक दिवा-रात्रि का सहवास, इसे सम्मान पूर्वक राजप्रासाद में बुला लेने का आश्वासन, सब कुछ विस्मृत हो गया!"

दुष्यंत भृकुटि उठा कर विचार में मौन रहा और उसने अनुसूया से प्रश्न किया–"देवी का क्या अभिप्राय है? देवी किस प्रसङ्ग का संकेत कर रही हैं!"

माधव्य मुस्कान दबाने का यत्न करता हुआ बोला–"महाराज के सेवक को तो यह स्वप्न-विचरण का प्रसंग जान पड़ रहा है।

शारङ्गरव ने दीर्घ निश्वास से क्षोभ को वश कर प्रश्न किया–"तत्रभवान महाराज ने सात मास पूर्व आखेट के प्रयोजन से मालिनी तट पर मित्तल ग्राम में शिविर-प्रवास नहीं किया था? महाराज ने कण्व ऋषि के आश्रम में इस कन्या से प्रणयासक्त हो गंधर्व-विवाह नहीं किया था?" उसने तर्जनी से शकुन्तला की ओर संकेत किया।

दुष्यंत ने अपना वक्ष स्पर्श कर स्वीकार किया–"मालिनी नदी के तट पर आखेट और मित्तल ग्राम के शिविर में निवास हमारी स्मृति में स्पष्ट है।"

राजा ने शारङ्गरव से दृष्टि बचा माधव्य की ओर संकेत किया–"उस प्रवास में माधव्य हमारा निरन्तर सहचर था।" राजा ने माधव्य को सम्बोधन किया, "तुम्हें कण्व ऋषि के आश्रम में दर्शनार्थ जाने की स्मृति है?"

माधव्य ने निक्षेप में सिर हिलाया–"अन्नदाता कदापि नहीं, कदापि नहीं। सेवक को प्रवास की सम्पूर्ण घटनायें स्मरण हैं। मृगों और हस्तियूथ तथा वराहों का आखेट, मित्तल ग्राम में नटों और मल्लों के कौतुक, यमुना तट पर संदीप ग्राम में ऐन्द्रजालिक मायावी की लीला, सेवक को सब स्मरण है परन्तु तपोधन महर्षि कण्व का दर्शन महाराज ने कब प्राप्त किया।"

अनुसूया ने सजल नेत्र हो, हाथ जोड़कर राजा से अनुरोध किया–"महाराज, सरला अबोध आश्रम-कन्या से मायावी कौतुक कर उस पर अन्याय न करें। महाराज उसे दिये हुए विश्वास और प्रतिज्ञा को पूरा करें।"

'सरला अबोध!' राजा ने प्रकट दया से कहा–"हे तपस्विनी, इस सरला अबोध आश्रमवासिनी तरुणी को निश्चय ही किसी मायावी ने अपने आपको राजा बताकर छला होगा। न्यायासन छली को पाकर उसे निश्चय कठोर दण्ड देगा। महर्षि कण्व अथवा

आश्रमवासी प्रवंचित तरुणी के लिए जैसी सहायता की आशंका करें, उसका प्रबन्ध राजपुरुष, राजकोष से करेंगे।"

माधव्य ने अनुमोदन किया–"न्यायमूर्ति महाराज की जय हो। साधु, साधु। दयासागर महाराज से अनुकम्पा की कामना करने वाला निराश क्यों होगा!"

अनुसूया का क्षोभ नेत्रों से छलक पड़ा। वह उत्तरीय से अश्रु पोंछ कर बोली–"न्याय के रक्षक महाराज, यह सरला, अबोध आश्रम-कन्या ही नहीं छली गयी, हम सब आश्रमवासी छले गये तथा छले जा रहे हैं। न्यायासन छली को दण्ड देने का आश्वासन देता है। हम तथा अन्य आश्रमवासी प्रत्यक्ष साक्षी हैं। महाराज ने इस युवती के प्रणय में अधीर होकर इसके गर्भ के पुत्र को अपने राज्य का उत्तराधिकार देने की प्रतिज्ञा करके गंधर्व-विवाह द्वारा इसका पाणिग्रहण किया था।"

विदूषक ने तर्जनी से चिबुक स्पर्श कर कटाक्ष से दुष्यंत की ओर देखा–"अपने गर्भ के पुत्र के लिए आर्यावर्त्त के राज्य के उत्तराधिकार की कल्पना, तापस-कन्या ने देवलोक के राज्य की भी महत्वाकांक्षा नहीं की, वास्तव में निर्लोभ है।"

शारङ्गरव बोला–"महाराज, तपोवनवासी स्वेच्छा से सांसारिक माया त्याग कर वनवास करते हैं। वे किस स्वार्थ अथवा लोभ से प्रवंचना करें!"

शारङ्गरव विदूषक की ओर ध्यान न दे, कहता गया–'दैवयोग से महाराज को स्मृति-विभ्रम हो गया है तो महाराज न्याय के विचार से एक व्यक्ति की स्मृति की तुलना में, हम तीनों तथा अन्य आश्रमवासियों की स्मृति का विश्वास करें।"

माधव्य के मुख से दीर्घ निश्वास निकल गया–"ओह! अद्‌भुत अभिसन्धि!"

दुष्यंत के ललाट पर रोष की रेखायें प्रकट हो गयीं। उसने शारङ्गरव और अनुसूया को प्रताड़ना के स्वर में सम्बोधन किया–"राजा और न्यायासन तापस वेश का आदर करते हैं परन्तु तापस वेश धारण कर छल करने वाले भी न्यायासन से दण्डनीय हैं। स्वेच्छाचार से प्राप्त मार्ग के उत्तरदायित्व का आरोप जिस-तिस पर करने का प्रयत्न कुटलाओं का आचरण है और उसी प्रकार दण्डनीय है।"

राजा का परुष-स्वर और बचपना सुन शकुन्तला ने ग्रीवा उठाकर पल भर उसकी ओर देखा और दीर्घ निश्वास ले, मन के आवेग को वश करने के लिए, नेत्र मूंद ललाट को पुनः जानु पर टिका लिया।

शारङ्गरव ने राजा की रोषपूर्ण मुद्रा देखकर सविनय निवेदन किया–"महाराज, न्यायासन हमारे व्यवहार और प्रयोजन के विषय में अवश्य विचार करे। विश्व-विख्यात महर्षि कण्व तथा मालिनी-तट के सभी ऋषि और तपस्वी हमारे आचरण और प्रयोजन के साक्षी हैं। महाराज निश्चय ही न्याय के लिए विवेचना करें!"

माधव्य ने शारङ्गरव की ओर देखकर प्रश्न किया–"महर्षि कण्व भी गंधर्व-विवाह द्वारा युवती के पाणिदान के साक्षी हैं?"

शारङ्गरव ने उत्तर दिया–"आर्य, महर्षि कण्व उस समय तीर्थाटन के प्रवास में थे। महाराज आश्रम-कन्या के प्रणय में अत्यन्त अधीर हो गये थे। महाराज के लिए महर्षि के प्रत्यागमन पर्यन्त प्रतीक्षा असह्य थी। महाराज ने महर्षि कण्व की अनुपस्थित में ही गंधर्व-विवाह द्वारा इस युवती का पाणिग्रहण किया था। यह उसी प्रकार सत्य है जैसे यज्ञशाला में महाराज की, आर्य की तथा हम आश्रमवासियों की उपस्थिति सत्य है।"

माधव्य ने विद्रूप से सांत्वना का दीर्घ निश्वास छोड़ा–"समझ में आता है महर्षि कण्व साक्षी नहीं हैं। तपस्वी, महर्षि कण्व के आश्रम से पधारे हैं, इस विषय में भी स्वयं उनके ही वचन के अतिरिक्त क्या प्रमाण?"

अनुसूया ने विह्वल हो दुष्यंत को सम्बोधन किया–"महाराज यह युवती और आश्रमवासी महाराज के वचन का विश्वास कर महाराज की इच्छा पूर्ण करने का ही दण्ड पा रहे हैं। महाराज इस अबोध सरला युवती को तथा हम आश्रमवासियों को जो अन्य दण्ड देना चाहें, वह भी दें। हमारे छल अथवा सत्य को अन्तर्यामी देवता, त्रिकालदर्शी तपोधन महर्षि कण्व तथा तपोवनवासी अन्य तत्त्वज्ञानी ऋषि तथा स्वयं महाराज का मन भी जानता है। अन्नदाता, अन्ततः छल नहीं, सत्य ही मान्यता प्राप्त करेगा।"

अनुसूया ने निराश हो शकुन्तला का कंधा झकझोर कर कहा–"शकुन्तले! तू महाराज की विस्मृति को क्यों दूर नहीं करती? तू क्यों मौन है? तू ही महाराज का विभ्रम निवारण कर सकती है।"

शकुन्तला ने ग्रीवा उठाकर दुष्यंत की ओर सजल आरक्त नेत्रों से देखा और आवेग से रुंधे स्वर में बोली–"महर्षि कण्व की पोष्य यह क्षत्रिय पुत्री किसी से दया की याचना नहीं करती। देवताओं तथा राजा से भी दया नहीं चाहती। वह केवल अपने पति की दया स्वीकार कर सकती है। महाराज मुझे अपनी परिणीता पत्नी के रूप में पहचानेंगे तभी मैं उनसे प्रार्थना तथा दया की कामना करूंगी।" शकुन्तला ने मुख दोनों हाथों से उत्तरीय में छिपाकर जानुओं पर टिका लिया।

दुष्यंत यज्ञशाला के द्वार की ओर दृष्टि करके पल भर के लिए मौन रहा और फिर उसने शकुन्तला की ओर देख भृकुटि उठाकर दुविधा प्रकट की–"युवती, यदि तुम प्रवंचिता हो तो दया की पात्र हो। हम जिसे नहीं पहचानते उसे क्या पहचानें! पहचानने को हमारे सम्मुख क्या है?"

अनुसूया बोल पड़ी–"महाराज, पहचान के लिए तो शकुन्तला के पास ऐसी साक्षी है कि महाराज पहचानेंगे और सम्पूर्ण नेत्रवान नर-नारी भी पहचानेंगे।" उसने शकुन्तला के कन्धे को टोहका दिया, "कुन्ते, महाराज ने तुझे प्रणय-निवेदन में जो मुद्रा दी थी वह उन्हें क्यों नहीं दिखाती?"

शारङ्गरव ने अनुमोदन किया–"सत्य है, सत्य है। मुद्रा की साक्षी स्वयं महाराज की साक्षी होगी।"

अनुसूया और शारंगरव की बात से दुष्यंत के पलक झपक गये, चिन्ता से भृकुटी वक्र हो गयी। उसने माधव्य की ओर देख विस्मय प्रकट किया–"मुद्रा! कैसी मुद्रा!"

माधव्य ने शंका से राजा की ओर देखा–"महाराज अनुकृत मुद्रा हो सकती है।"

शकुन्तला ने दुष्यंत और माधव्य का विद्रूप सुनकर ग्रीवा जानु से उठाये बिना बायां हाथ उत्तरीय से बाहर कर दुष्यन्त की ओर उठा दिया। उसकी अनामिका में मुद्रा नहीं थी।

शकुन्तला का मुद्राहीन हाथ देखकर माधव्य ने विस्मय के स्वर में प्रश्न किया–"कहाँ है मुद्रा?···अथवा सांसारी लोगों के लिए अदृश्य है! उसे तपस्वी ही देख सकते हैं!"

शारंगरव और अनुसूया के मुख से भी निकल गया–"आह कुन्ते, तेरी मुद्रा कहां गयी?"

माधव्य शारंगरव और अनुसूया की विमूढ़ता की ओर कटाक्ष के लिए राजा की ओर देखकर मुस्करा दिया। दुष्यन्त के मुख से चिन्ता का भाव मिट गया।

शकुन्तला ने शारंगरव और अनुसूया का आतंक और विस्मय भरा प्रश्न सुनकर ललाट जानु से उठाकर अपने बायें हाथ की अनामिका की ओर देखा। वह अपनी अनामिका मुद्राहीन देखकर निश्वास-स्तब्ध और मौन रह गयी।

अनुसूया ने शकुन्तला का बाहु छूकर कहा–"मैंने कल संध्या तक तो तेरी अनामिका में मुद्रा देखी थी।"

शकुन्तला ने अनुसूया को उत्तर दिया–"मुद्रा तो आज प्रातः भी मेरी अनामिका में थी। प्रातः शक्रावतार में शचीतीर्थ पर स्नान के समय मुद्रा को आंचल में नहीं बांधा था! वह शचीतीर्थ पर नदी-स्नान के समय जल में गिर गयी होगी। हाय मेरा भाग्य!" शकुन्तला ने दोनों हाथों की अंजलि से मुख ढंक लिया।

माधव्य राजा को आसन से उठने का उपक्रम करते देख बोला–"महाराज तापस-वेशधारियों ने नाट्य तो सुन्दर किया!"

दुष्यन्त ने मुस्कान से स्वीकार किया–"निश्चय! नाट्य तो सुन्दर हुआ। नट-नटी सुन्दर अभिनय के लिए कोषाध्यक्ष से पुरस्कार प्राप्त करें।"

शारङ्गरव ने राजा के विभ्रम का आग्रह और उसके मित्र का विद्रूपमय व्यवहार देख कर निराशा से ग्रीवा झुका ली। अनुसूया ने विवशता में ओंठ काटकर शकुन्तला के कन्धे पर टोहका दिया–"अभागी तू ऐसी प्रवंचना पाकर भी मौन ही रहेगी!"

शकुन्तला ने ग्रीवा उठा ली और सजल आरक्त नेत्र दुष्यन्त की ओर उठा अवरुद्ध कण्ठ से बोली–"महाराज मुझ अभागी को आश्रय नहीं देना चाहते तो भी व्यंग्य से अपनी सती पत्नी पर असत्य और छल का आरोप कर अपना तथा उसका अपमान न करें। महाराज, सती का अस्तित्व पति से पृथक नहीं होता, पति में ही समाहित रहता है। सती के अपमान से पति भी अपमानित होता है। मेरे सत्य के साक्षी अगोचर देवता हैं। मेरे गर्भ में स्थित स्वामी का अंश मेरे सत्य का साक्षी है। स्वामी द्वारा अंगीकार न की जाने पर भी मेरा पातिव्रत और सतीत्व अक्षुण्य रहेगा।"

अनुसूया ने राज्यासन की ओर अंजलि उठा कातर स्वर में प्रार्थना की–"महाराज, तपोनिष्ठ कण्व और सत्यनिष्ठ गौतमी की क्रोड़ में पली इस क्षत्रिय युवती का असत्य और छल से परिचय ही नहीं। देवता साक्षी हैं और हम इसके क्षण-क्षण के साथी-साक्षी हैं, इसने महाराज के अतिरिक्त अन्य पुरुष को नहीं जाना। महाराज सती का संताप अकल्याण का कारण होता है।

दुष्यंत ने शकुन्तला का कथन सुनकर नेत्र यज्ञ-शाला की ओर कर लिये थे। अनुसूया के वचन सुनकर राजा ने उसकी ओर देखा। राजा के नेत्रों में क्रोध की झलक आ गयी थी। वह कठोर स्वर में बोला–"वाह-वाह! सत्य और सतीत्व की तो परम्परा ही है। क्षत्रिय सती माता अपने गर्भ की कन्या महर्षि कण्व के आश्रम को भेंट कर गयी। उसकी क्षत्रिय सती पुत्री अपना गर्भ राजप्रासाद को उपहार देने आयी है।" उसने माधव्य

की ओर देखा, "मित्र, अब अभिनय से मन भर गया।" दुष्यंत ने उठने के लिये जानु पर हाथ रक्खे।

शारंगरव और अनुसूया की ग्रीवायें निराशा से झुक गयीं। अनुसूया ने दीर्घ निश्वास ले उत्तरीय से नेत्र पोंछकर शकुन्तला की ओर देखा–"हा कुन्ते! यदि तूने हमारा परामर्श सुना होता! तुझे अपने सत्य तथा व्रत पर ही विश्वास था, तेरे विश्वास ने तुझे छल लिया।"

शकुन्तला ने दुख के आवेग से अवश होते हृदय को वश में करने के लिए अपने हाथ मुख से हटाकर वक्ष पर रख लिये और नेत्र मूंद स्वगत बोली–"हे मेरे हृदय, तू अपने सत्य और पातिव्रत धर्म पर अडिग रह। हे हृदय, अपने पतिदेव से अपमान, लांक्षन तथा प्रवंचना पाकर भी उनके प्रति क्षुब्ध न हो। हे हृदय, तू पतिदेव के लिए अशुभ कामना न कर। हे हृदय, तू सती के वचन के सामर्थ्य में विश्वास से शान्त रह। तू पति के लिए अशुभ तथा अनिष्ट की इच्छा न कर। हे हृदय, तू केवल यही कामना कर कि पतिदेव के मन से अपनी सती दासी के प्रति प्रमाद और उद्‌भ्रान्ति दूर हो।"

दुष्यंत तपस्वियों की ओर दृष्टि न कर, ग्रीवा झुकाये आसन से उठ गया और यज्ञशाला से चला गया। उसके पीछे-पीछे माधव्य भी चला गया।

दुष्यंत के यज्ञशाला से चले जाने के पश्चात् शारंगरव, अनुसूया तथा शकुन्तला अनेक पल विमूढ़ावस्था में ग्रीवा झुकाये मौन बैठे रहे।

"तापस वेशधारी सुनें!"

सम्बोधन सुनकर शारंगरव और अनुसूया ने ग्रीवा उठा सम्मुख देखा। माधव्य उनके समीप आकर आश्वासन की मुद्रा में बोला–"न्याय मूर्ति, कला मर्मज्ञ महाराज तापस वेशधारियों के सफल अभिनय से संतुष्ट हैं। महाराज का आदेश है, नट-नटी राज-परितोष स्वरूप एक सहस्र स्वर्ण मुद्रा राज्यकोष से प्राप्त करें। तापस वेशधारियों को इच्छा हो तो उनको सुविधा के लिये राजसेवक धन यज्ञशाला में ही प्रस्तुत करें।"

शारंगरव ने मन की उद्विग्नता वश करने के लिए दीर्घ निश्वास ले उत्तर दिया–"राजपुरुष, असहाय आहत को अपमान से आकुल करना समर्थ को शोभा नहीं देता। महर्षि कण्व की पोष्य कन्या अपने पति की शरण की कामना से राजप्रासाद तक आयी थी, स्वर्ण के लोभ से नहीं···।"

अनुसूया भी उद्वेग में बोल उठी–"स्वर्ण की लालसा राजप्रासाद और राजपरिकर के छली-लोलुप जन ही करते हैं। महर्षि कण्व के आश्रम की कन्या राज्यकोष के सम्पूर्ण स्वर्ण को आश्रम की धूलि से हेय समझती है।" अनुसूया ने आसन से उठते हुए शकुन्तला के कंधे को स्पर्श किया, "कुन्ते उठ, यहां बैठ कर तू और अपमान पाना चाहती है।"

शकुन्तला तुरन्त आसन से उठ खड़ी हुई। उसका शरीर झंझा से आहत वेत्र-लता की भांति कांप रहा था। माधव्य के देखते-देखते शकुन्तला, शारंगरव और अनुसूया के बाहुओं का आश्रय लिये-मंडप से निकल गयी।

× × ×

शारंगरव, अनुसूया और शकुन्तला हस्तिनापुर से शक्रावतार की ओर शचीतीर्थ के मार्ग पर लौट रहे थे। वर्षाकाल न होने पर भी आकाश में मेघ, मानो शकुन्तला के असह्य

दुख के प्रति समवेदना से, उसके मार्ग पर छाया करने के लिए उमड़ आये थे। अवसाद से क्लान्त शकुन्तला के नेत्रों से निरन्तर अश्रु बह रहे थे। वह मार्ग पर कठिनता से चल पा रही थी। आकाश घने मेघों से आच्छन्न हो जाने के कारण मार्ग शीघ्र ही संध्या के अंधकार में अदृश्य होता जा रहा था। शारंगरव और अनुसूया, तीर्थ के घाट पर, सुरक्षित स्थान में पहुँच जाने के लिए शकुन्तला को सहारा देकर यथा-सम्भव शीघ्र गति से लिये जा रहे थे।

जिस समय शारंगरव, अनुसूया और शकुन्तला ने घाट की कुटिया में प्रवेश किया, आकाश घटाटोप मेघों से आच्छादित हो गया था। शकुन्तला के हाहाकार करते हृदय की प्रतिध्वनि में मेघ भी भयंकर गर्जन करने लगे। विद्युत की लपटें दिगन्त तक कौंधने लगीं। शकुन्तला के अश्रु बहाते नेत्रों की सहानुभूति में मूसलाधार वृष्टि होने लगी।

अनुसूया और शारंगरव तीर्थ के एक तृण कुटीर में शकुन्तला के समीप बैठे उसे मन को वश में करने और रक्षा तथा शान्ति प्राप्त करने के लिए तात कण्व तथा माता गौतमी के चरणों में लौट चलने का परामर्श दे रहे थे।

शकुन्तला अपने दुख से मुक्ति प्राप्त करने के लिए तीर्थ के जल में अपना अन्त कर देने के लिये आतुर थी। वह उस विकट वर्षा में ही कुटिया से निकल कर नदी तट की ओर जाने का आग्रह कर रही थी। शारंगरव और अनुसूया उसे अपने बीच में मादुर पर लिटाकर बाहुओं से पकड़ कर रोके हुए थे।

शकुन्तला के प्रति चिन्ता के कारण सानुमती, हस्तिनापुर के राजप्रासाद में, मालिनी-तट तपोवन के तपस्वियों के प्रति दुष्यंत के व्यवहार तथा शचीतीर्थ में उनकी अवस्था की ओर ध्यान लगाये थी। वह शकुन्तला को पति से प्रवंचना और निरादर पाने के कारण असह्य व्यथा और निराशा में आत्महत्या का विचार करते देखकर व्याकुल हो गयी। उसने सजल नेत्रों और द्रवित कंठ से मेनका को शकुन्तला के प्रति दुष्यंत की क्रूरता तथा अन्याय का समाचार दिया।

सानुमती से अपनी पुत्री के प्रति अन्याय तथा क्रूरता का समाचार पाकर मेनका के सुचिक्कण ललाट पर चिन्ता की रेखायें झलक आयीं। वह कुछ पल विचार कर बोली–"अनेक समाजों में पुरुष ने स्वार्थ के प्रमाद में नारी को अपने निरंकुश भोग की वस्तु बना लेने के लिये, उसे अपनी पशु-सम्पत्ति के समान स्वत्वहीन बना दिया है। पुरुष ने नारी को स्ववश रखने के प्रयोजन से उसके नारीत्व और व्यक्तित्व को पातिव्रत की धारणाओं से बांधकर उसे पत्नी मात्र बना लिया है। पति-पुरुष ने पति-पत्नी के सम्बन्ध में एकनिष्ठा का धर्म केवल पत्नी पर आरोपित करके, स्वयं स्वामी बन पत्नी को आधीन बना लिया है। न्याय का आधार समता है। आधीन न्याय की नहीं केवल दया की आशा और कामना कर सकता है। तू तुरन्त शकुन्तला की सहायता के लिये शचीतीर्थ जा। मैं वरुण देव से तेरी सहायता के लिये अनुरोध करती हूँ। नारी को प्रसव-काल में सहाय की आवश्यकता होती है। तू जाकर मेरी प्रवंचिता पुत्री के लिये उस अवसर की सुविधा का आयोजन कर। पितृ सत्ताक समाज में पति-हीना नारी की संतान माता के निरादर का कारण होती है। अतः तू मेरी बेटी को हिमालय के मातृ-सत्ताक प्रदेश में ले जा। देवराज के मित्र करुणामय प्रजापति कश्यप भी उसे अपने आश्रम में आश्रय दे सकेंगे।"

शक्रावतार में प्रायः सूर्योदय से कुछ पूर्व ही वर्षा समाप्त हो गयी थी परन्तु शारंगरव और अनुसूया शकुन्तला को लेकर मध्यान्ह तक भी मालिनी तट-तपोवन की ओर यात्रा आरम्भ न कर सके। हृदय और मन के असह्य संताप के कारण शकुन्तला का शरीर भी प्रबल ज्वर से तपने लगा था। वह मानसिक और शारीरिक क्षोभ की अवस्था में शारंगरव और अनुसूया से बारबार अनुरोध कर रही थी–"मैं मिथ्या कलंक द्वारा पतिव्रता के सम्मान से वंचित होकर तात-माता तथा अन्य तपोवनवासियों को अपना अभागा मुख नहीं दिखाऊंगी। मुझे अपने मन तथा शरीर का ताप दूर करने के लिये शचीतीर्थ के जल में ही समा जाने दो। मैंने असावधानी में अपने सौभाग्य की प्रतीक मुद्रा को जिस जल में डाल दिया है, इस निरादृत शरीर को भी उसी जल में डाल दूँगी। तुम दोनों लौटकर तात और माता को विश्वास दिलाना कि उनकी पुत्री ने पातिव्रत के सम्मान के लिये मिथ्या कलंक के दुर्भाग्य का भी प्रायश्चित कर लिया है।"

शारंगरव और अनुसूया शचीतीर्थ में रुग्णा शकुन्तला की संगति में अत्यन्त विपन्नता अनुभव कर रहे थे। अपरिचित स्थान में वे न वैद्य, औषध अथवा उचित पथ्य पा सकते थे न रुग्णा गर्भवती युवती को यात्रा में ले जा सकने के लिये शिविका अथवा रथ की सुविधा थी। उन्होंने गत संध्या जिस कुटिया में शरण ली थी उसके आँगन में तुलसी के कुछ पौधे थे। अनुसूया शकुन्तला के ज्वर के शमन के लिये तुलसी दल पीसकर जल के साथ उसे पिला रही थी। शारंगरव संध्या तक तीर्थ के समीप तथा निकटवर्ती बस्तियों में वैद्य तथा वाहन की खोज में घूमता रहा, परन्तु उसे आवश्यक सहाय न मिल सकी।

शारंगरव दूसरे दिन प्रातः भी शकुन्तला की चिन्ता तथा परिचर्या के लिये अनुसूया को उसके समीप कुटिया में छोड़ स्वयं वैद्य, औषध तथा वाहन की सहायता की खोज में समीपवर्ती ग्रामों की ओर चला गया। ग्रामीण कृषक प्रजा मुट्ठी दो मुट्ठी अन्न अथवा थोड़े-बहुत दूध-दही से ही सहायता कर सकती थी। वे तपस्वी को उत्तर देते–"वैद्य, औषध, शिविका-रथ दीन कृषक बस्तियों में कहां! तपस्वियों, ज्ञानियों, ऋषियों अथवा ब्राह्मणों की सेवा की क्षमता नागरिक श्रेष्ठियों, सामन्तों, राजपुरुषों तथा राजा का ही सामर्थ्य अथवा अधिकार है। हस्तिनापुर समीप ही है। राजधानी में जाकर नगरपाल के सम्मुख अथवा राजप्रासाद में निवेदन करने से तुम्हारी आवश्यकता पूर्ण होगी।" परन्तु शारंगरव राजप्रासाद में, स्वयं राजा से प्रवंचना पाकर, स्वयं राजा द्वारा विडम्बना में छली पुकारे जाकर सहायता के लिये राजद्वार की ओर कैसे जाता?

शारंगरव तीसरे पहर शचीतीर्थ में लौटा। उसी समय वेगवान अश्वों से जुते हुए दो सुन्दर-वृहदाकार रथ तीर्थ के पड़ाव पर आकर रुके। जिज्ञासा करने पर शारंगरव को ज्ञात हुआ कि रथ और परिकार हिमांचल के किन्नर प्रदेश की एक समृद्ध नर्तकी के थे। नर्तकी शूरसेन तथा कुरु प्रदेश में कलात्मक ख्याति अर्जन कर अपने देश की ओर लौटते समय, तीर्थ स्नान-पुण्य के लाभ के निमित्त, तीर्थ पर एक रात्रि के प्रवास के लिये ठहर गयी थी। शारंगरव ने किन्नरों के सम्मुख जा संकट में सहायता के लिये प्रार्थना की।

किन्नरों ने विश्व-विश्रुत, ज्ञानी, देवताओं-गंधर्वों तथा किन्नरों से आदर प्राप्त महर्षि कण्व के आश्रम की कन्या की कठिनाई का समाचार पाया तो यात्रा की श्रौंति की भी चिन्ता न कर शारंगरव के साथ उसकी कुटिया में चली गयी। शकुन्तला का रूप-लावण्य

देख और उसकी गर्भावस्था का अनुमान कर किन्नरी ने सहानुभूति से उसके अधिक परिचय की जिज्ञासा की।

अनुसूया ने शकुन्तला के प्रथम दर्शन में ही राजा की आसक्ति, उसकी सन्तान के लिये उत्तराधिकार की प्रतिज्ञा द्वारा गंधर्व-विवाह, तत्पश्चात् अवहेलना, प्रवंचना तथा शकुन्तला के अप्सरा-माता की क्षत्रिय सन्तान होने का रहस्य भी किन्नरी के सम्मुख प्रकट कर दिया।

किन्नरी ने वत्सल भाव से अपना हाथ शकुन्तला के ज्वर तप्त मस्तक पर रख दिया और स्नेह से बोली–"किन्नरियों तथा अप्सराओं में सामाजिक रीति तथा व्यवसाय के नाते जातीय भगिनित्व होता है। इस सम्बन्ध में मैं तेरी मौसी और तू मेरी भगिनेय है। तेरी सहायता मेरा कर्त्तव्य है बेटी, तू अपना चित्त स्थिर कर! तू निष्पाप है। तू किस कलुष अथवा अनौचित्य का प्रायश्चित करना चाहती है! तुझे अपने सत्य पर आस्था से आचरण ही शोभा देता है। इस समय तेरा प्रथम कर्त्तव्य तेरे गर्भ में स्थित सन्तान के प्रति है। यदि तू अपने तात-माता के समीप जाने में संकोच अनुभव करती है तो अपनी मौसी के देश चल। हमारे मातृ-सत्ताक समाज में पुरुष अथवा पति को निरंकुश स्वेच्छाचार के लिये अवसर नहीं। उस प्रदेश में तू अपने नारीत्व अथवा व्यक्तित्व को अपनी भावना तथा आत्म-निर्णय से चरितार्थ कर सकेगी। इस पितृ-सत्ताक समाज में नारी रानी बनकर भी अपने पति की दासी ही होगी। यदि शैशव के अभ्यास के कारण तुझे ऋषि-आश्रम में निवास ही रुचिकर है तो हिमालय में उसका भी प्रबन्ध हो सकेगा।

शकुन्तला ने मालिनी तट के आश्रम में जाने की अपेक्षा किन्नरों की संगति में ही जाना स्वीकार किया।

× × ×

मालिनी तट के तपस्वी यज्ञ-शाला से उठकर राजप्रासाद के द्वार की ओर चले गये तो माधव्य प्रासाद के प्रमदोद्यान की ओर चला। राजा उद्यान के जलकुंड के समीप कुंज के एकान्त में उसकी प्रतीक्षा कर रहा था। माधव्य दुविधा में था–आश्रमवासियों के क्षुब्ध, अविनीत व्यवहार का संवाद राजा को किस प्रकार देगा!

माधव्य के समीप आ जाने पर दुष्यंत ने जिज्ञासा से उसकी ओर देखा।

"अन्नदाता की जय हो।" माधव्य ने ससंकोच निवेदन किया, "महाराज अभिनय कला के मर्मज्ञ हैं। आश्रमवासियों ने अंत तक अभिनय को निबाह, अपने वेश और भूमिका के अनुकूल ही उत्तर दिया। वे धन की अनिच्छा प्रकट कर अभिनय की सफलता से संतुष्ट हो चले गये हैं।"

माधव्य से समाचार पाकर दुष्यंत के माथे पर गहरी-भृकुटी बन गयी। वह दृष्टि जल-कुंड की ओर घुमाकर मौन रह गया। प्रायः एक घड़ी तक उसी प्रकार निश्चल-मौन बैठा रहा। माधव्य भी उसके समीप मौन बैठा विवशता अनुभव कर रहा था कौन जाने सामर्थ्यवान कब क्या चाहते हैं!

दुष्यंत दो-तीन दिवस मन की खिन्नता से विरक्त और मौन रहा। संयोगवश उस समय राजप्रासाद में रानी लक्षणा के अस्वास्थ्य से भी चिन्ता का कारण हो गया था। मंत्रियों और राजप्रासाद के परिवार का अनुमान था कि राजा की चिन्ता का कारण रानी

का अस्वास्थ्य ही था। रानी और उसके गर्भ के कल्याण के लिये देवताओं से प्रार्थना-स्तुति, व्रत, जप, यज्ञ आदि के अनुष्ठान सभी उपाय किये जा रहे थे।

राजा ने दो-तीन दिवस की उद्विग्नता के पश्चात् अपने आपको संभाल लिया। वह नियम और तत्परता से शासन तथा न्याय के कार्य में योग देने लगा। वह पूर्वापेक्षा अधिक गम्भीर, चिंताशील, मौन और एकान्त का इच्छुक जान पड़ता था। मंत्री, राज-परिकार और नागरिक भी उत्तराधिकारी के लिये राजा की उत्सुकता से परिचित थे। सभी लोग राजा के व्यवहार में परिवर्तन का कारण रानी तथा उत्तराधिकारी की चिंता ही अनुमान करते थे।

रानी के गर्भ से पुत्र की आशा का समाचार भी शनैः-शनैः नगर में फैल गया था। राज-परिकार और नागरिक उत्तराधिकारी के जन्म के उत्सव के लिये उत्सव का आयोजन कर रहे थे।

रानी लक्षणा अपनी उच्छृंखल तथा व्यसनी प्रवृत्ति के कारण राजमाता, राजवैद्यों तथा प्रासाद की धात्रियों के पथ्य तथा आचार-व्यवहार सम्बन्धी परामर्श और अनुरोध न निबाह सकी थी। ज्यों-ज्यों प्रसव-काल समीप आ रहा था, अनेक व्याधियों के कारण उसका कष्ट बढ़ता जा रहा था। रानी के सन्तान प्रसव के समय राजप्रासाद तथा नगर में शोक का समाचार फैल जाने से उत्सव के आयोजनों पर तुषारपात हो गया।

राजा दुष्यंत को रानी लक्षणा के गर्भ से विकृत अंग, निष्प्राण सन्तान का जन्म भाग्य की असह्य विडम्बना जान पड़ी। दुर्भाग्य के इस आघात से राजा अनेक दिवस जड़वत रहा। वह मन में पश्चात्ताप और आत्मग्लानि की मर्मान्तिक वेदना अनुभव करता रहा। उसके पश्चात्ताप की वेदना के केवल गुप्त मंत्रणा के अधिकारी राजमंत्री और उसका अंतरङ्ग मित्र विदूषक माधव्य ही जानते थे। माधव्य की एकांत संगति में दुष्यंत के नेत्र परिताप से आरक्त हो जाते। वह आर्द्र कंठ से अपना दोष स्वीकार करता–भाग्य ने मेरे प्रति कैसी प्रवंचना की है। मुझे दो उत्तराधिकारियों की मरीचिका के विभ्रम में डाल कर उत्तराधिकारी से निराश कर दिया है। क्या यह उस सरला तपोवन बाला के हृदय का शाप है!…नहीं, शकुन्तला ने तो क्षुब्ध तथा व्याकुल अवस्था में भी मुझे पति मान कर मेरे लिये अशुभ विचार तथा मेरे अहित की कामना न करने की प्रतिज्ञा की थी। निश्चय यह उसका शाप नहीं है। यह दण्ड न्याय की शाश्वत अदृश्य सत्ता ने मेरे छल के लिये दिया है। मैंने नीति के विचार से और मंत्रियों का परामर्श मानकर उसके साथ प्रवंचना की थी, यह उसी प्रवंचना का दण्ड है। मैंने राजासन पर बैठकर उस सरला से छल करने वाले को दण्ड देने का मिथ्या आश्वासन दिया था। न्याय की शाश्वत सत्ता ने न्याय की रक्षा के लिये मेरे आश्वासन को सत्य कर मुझे दण्ड दे दिया।

राजा दुष्यंत ने दुर्भाग्य को धैर्य से सह लेने के निश्चय से मन को वश में किया। उसे आखेट, समाह्व, आपानक, जलक्रीड़ा, नृत्य-संगीत आदि व्यसनों से पूर्णतया विरक्ति हो गयी। मन के शैथिल्य को वश करके वह सम्पूर्ण दिवस धर्म-चर्चा तथा न्याय कार्य में व्यस्त रहने लगा।

राजा दुष्यंत अभिजातवंशियों तथा राज-पुत्रों की भाँति किशोरावस्था से ही व्यसनों के अबाध अवसर सुलभ होने के कारण, चालीस वर्ष की आयु में ही क्षीण शक्ति तथा स्नायु शैथिल्य अनुभव करने लगा था। वह राजवैद्यों द्वारा प्रस्तुत शक्तिदाता रसायनों की सहायता से यौवन की उमंग तथा व्यवहार बनाये था। पचासवाँ वर्ष लांघ लेने पर रसायनों

की सहायता से उत्तेजित शक्ति भी अति वेग से व्यय होने के कारण जरा-जीर्णता के लक्षण प्रकट होने लगे थे। प्रौढ़ावस्था में उत्तराधिकारी की आशा निष्फल हो जाने पर, मंत्री तथा राजवंश के लोग राजा को औरस उत्तराधिकार की आशा छोड़, अति विलम्ब से पूर्व पुत्रेष्टि यज्ञ द्वारा वंश-रक्षा का परामर्श देने लगे परन्तु राजा का मन औरस संतान की निराशा स्वीकार कर लेना नहीं चाहता था। राजवैद्य और तांत्रिक राजा से पुनः स्वास्थ्य तथा शक्ति की इच्छा का संकेत पाकर रसायनों तथा मंत्र सिद्धि से सहायता के उपचारों में लग गये। राजा स्वास्थ्य के लिये नियम-संयम का पालन करता था। नर्तकियों और वारांगनाओं की संगति से विरक्ति प्रकट कर रात्रि के दो पहर तक कभी रानी हंसपदिका के कक्ष में और कभी रानी वसुमति के कक्ष में व्यतीत करता था।

एक दिवस मध्यान्होत्तर में नगरपाल ने राज्यपाल के सम्मुख एक मछुए को न्याय के लिये प्रस्तुत किया। मछुआ बाजार में, राज-चिन्ह-युक्त स्वर्ण की मुद्रा बेचने के प्रयत्न में पकड़ा गया था। मछुए के पास राज-चिन्ह-युक्त स्वर्ण मुद्रा देख कर राजपुरुषों को विस्मय हुआ। वह अपने पास स्वर्ण मुद्रा होने का विश्वास योग्य कारण न बता सका। राजपुरुषों ने उसे चोर समझा। नगरपाल ने राज-चिन्ह-युक्त मुद्रा राजा के सम्मुख उपस्थित करना तथा राजा को तत्सम्बन्धी व्यौरे से अवगत करना आवश्यक समझा।

अभियुक्त मछुए के पास राजा का आभूषण मिलने के समाचार से राजप्रासाद के रक्षकों, कंचुकियों तथा दास-दासियों में चिन्ता फैल गयी। सभी को चिन्ता थी—शंका होगी राजा का आभूषण राजप्रासाद के बाहर गया कैसे? कौन जाने इस अपराध की अभिसंधि का संदेह किस पर न हो जाय? राजप्रासाद में चिंता से आतंक छा गया।

राजा दुष्यंत के धर्मासन ग्रहण करने पर नगरपाल ने अभियुक्त को राजा के सम्मुख उपस्थित कर अभियुक्त से प्राप्त राजमुद्रा राजा के चरणों के समीप रख दी।

दुष्यंत ने अपराधी की ओर न देख राजमुद्रा को अपने हाथ में ले लिया।

धर्म-स्थान में प्रस्तुत न्याय मन्त्री, नीतिज्ञ स्मृतिविद् राजपुरुष, अंगरक्षक, परिकर सब विस्मय से अपलक रह गये। राजा ने मुद्रा को ध्यान से देखा तो उसके नेत्र मुंद गये। वह मुद्रा हाथ में लिये अनेक पल तक ध्यान-मग्न मौन रहा। उसके नेत्र खुले तो वे सजल तथा आरक्त थे।

दुष्यंत ने मन स्थिर कर अभियुक्त से प्रश्न किया—"भद्र, तुम कौन हो? यह मुद्रा तुमने कहां पायी?"

अभियुक्त मछुए ने हाथ जोड़ कर भयार्त स्वर से निवेदन किया, "महाराज, मैं अन्नदाता की दीन प्रजा, शक्रावतार ग्राम का निवासी पारक नाम मछुआ हूँ। अन्नदाता, कल संध्या शचीतीर्थ के समीप मेरे जाल में एक बड़ी रोहू मछली फंस गई थी। उस मछली के पेट से मैंने यह मुद्रा पाई है। महाराज, वरुण देवता की शपथ है, अज्ञान के कारण राजचिह्न को पहचान न सका इसलिये मुद्रा राजपुरुषों को न सौंपकर उसे स्वर्णकार के हाथ बेचने का यत्न किया।"

दुष्यंत ने करुण स्वर में अभियुक्त को आश्वासन दिया—"भद्र, तुम्हारा कथन विश्वास योग्य है। तुमने चौर कर्म नहीं किया है। हमें स्मरण है, दो वर्ष पूर्व चैत्रमास में आखेट प्रवास से प्रत्यागमन के समय हमने शक्रावतार क्षेत्र में शचीतीर्थ पर स्नान किया था। स्नान के पश्चात् वरुण देवता को प्रणाम करने के लिये स्वर्णमुद्रा के स्थान पर यह

मुद्रा ही वरुणदेव के निमित्त संकल्प कर जल में डाल दी थी। भद्र, तुमने अपराध किये बिना कष्ट पाया है। निरपराध प्रजा के कष्ट पाने से शासन व्यवस्था दोषी होती है। तुम अपने कष्ट के लिये तथा राजदोष के मार्जन के लिए राज्यकोष से शत स्वर्ण मुद्रा प्राप्त करो।''

न्यायमूर्ति, धर्मावतार महाराज की न्याय-निष्ठा के प्रति सराहना के जयकार से धर्म स्थान गूँज उठा। राजप्रासाद के कर्मचारियों के मन, अपराध के आरोप की आशंका से मुक्त हो गये। राजप्रासाद में सब ओर प्रसन्नता छा गयी परन्तु राजा का अन्तरंग सखा विदूषक माधव्य राजा की अवस्था के प्रति और भी चिन्तित हो गया। दुष्यंत का मन अपनी मुद्रा पुनः पाकर अवसाद से बोझिल हो गया था।

दुष्यन्त ने मुद्रा के सम्बन्ध में विदूषक से कुछ भी न कहा परन्तु चतुर माधव्य ने अनुमान कर लिया, तपोवनवासी युवती ने राजा से प्रणय-चिन्ह स्वरूप प्राप्त मुद्रा शक्रावतार के समीप शचीतीर्थ के जल में गिर जाने की बात कही थी। निश्चय ही राजा ने वही मुद्रा फिर पाई है। राजा का मन तपोवनवासी युवती के प्रति अन्याय से सन्तप्त है परन्तु उस संताप के निराकरण का उपाय न था। माधव्य ने सोचा–रस्सी में पड़ी गाँठ सुलझाई जा सकती है, मन में पड़ी गाँठ को कैसे सुलझाया जाये!

आगामी दिवस राजधानी में वसंतोत्सव था। एक पक्ष पूर्व से ही राजधानी में उत्सव के समारोह के आयोजन हो रहे थे। राजा परम्परा और रीति के अनुसार इस उत्सव के समय नगर में शोभायात्रा द्वारा प्रजा को राज-दर्शन का अवसर देता था परन्तु उस समय मन और शरीर के अस्वास्थ्य के कारण शोभायात्रा द्वारा प्रजा को दर्शन देना राजा के सामर्थ्य में न था। राजधानी में समाचार फैल गया–राजा अस्वास्थ्य के कारण वैद्यों के परामर्श से शैयारूढ़ है। अतः प्रजा को दर्शन न दे सकेगा।

सानुमती ने दुष्यंत के तन-मन के अस्वास्थ्य और अवसाद का समाचार मेनका को देकर करुणा से कहा–''स्वामिनी, परिताप से उसकी अवस्था दयनीय हो गयी है। बेचारा छलने के प्रयत्न में स्वयं छला गया है। मुझे तो वह अब दया का पात्र जान पड़ता है।''

मेनका ने विरक्ति से मुख फेर लिया–''वह अपने चातुर्य का ही परिणाम पा रहा है। छलों के पश्चात्ताप का क्या विश्वास। छली को खेद छल की असफलता पर ही होता है। उसकी रानी लक्षणा स्वस्थ पुत्र को जन्म देती तो उसे क्या संताप होता? संताप उसे अपनी सम्पत्ति के उत्तराधिकारी के अभाव का है, पत्नी के प्रति अन्याय का नहीं। नारी को भोग्य जीव-सम्पत्ति मानने वाले पुरुषों से और क्या आशा करोगी?''

वसन्तोत्सव के पश्चात् तीन मास तक राजा दुष्यंत के स्वास्थ्य की अवस्था चिन्ताजनक रही। राजवैद्यों ने अमोघ औषधियों तथा रासायनों से राजा के अस्वास्थ्य का उपचार किया। शनैः-शनैः राजा का स्वास्थ्य सुधरने लगा। रोगमुक्त हो जाने पर भी उसके मन में शैथिल्य और शरीर में दौर्बल्य बना रहा। दस मास तक राजा वैद्यों के परामर्श के अनुसार पूर्ण विश्राम के लिये राजप्रासाद तथा राजोद्यान में ही रहा।

शरद ऋतु के आरम्भ में हिमालय स्थित देवलोक से एक दूत हस्तिनापुर में आया। दूत ने दुष्यंत को देवराज का संदेश दिया–हिमालय पार के असुरों के अनेक दल देवलोक की सीमाओं में अतिक्रमण करके देवलोकवासियों को कष्ट दे रहे थे। देवराज ने अपने

मित्र आर्यावर्त के चक्रवर्ती राजा दुष्यंत से असुरों के उत्पात के शमन में सहायता के लिये अनुरोध किया था।

देवलोक तथा आर्यावर्त के राजाओं में परस्पर मैत्री तथा सहायता की परम्परा थी। दुष्यंत देवराज इन्द्र के अनुरोध की उपेक्षा नहीं कर सकता था। उसने देवलोक के लिये हिमालय की ओर प्रस्थान के निमित्त सैन्य-संधान का आदेश दे दिया। देवराज के प्रति आदर और स्नेह के कारण राजा देवलोक की सहायता के लिए प्रस्थान करने वाली सेना का संचालन स्वयं करने के लिए उत्सुक था। मंत्रियों तथा राजवैद्यों ने राजा की इच्छा का अनुमोदन किया। वैद्यों का मत था, हिमालय प्रदेश की यात्रा महाराज के मन और शरीर के स्वास्थ्य के लिए हितकर होगी। हिमालय की ओजस्वी, प्राणों और स्नायु के लिए शक्ति और स्फूर्तिदायक जलवायु तथा उस प्रदेश के फल और जीवों के मांस महाराज के तन-मन के स्वास्थ्य के लिए कल्याणकारी होंगे।

दुष्यंत देवराज की सहायता के लिए रथों, अश्वों तथा शिविकाओं द्वारा दुरूह पार्वत्य हिमाच्छादित प्रदेशों की यात्रा करके देवलोक पहुँचा। उसने अद्‌भुत रण-कौशल से, अपनी तथा देवों की सेनाओं का संचालन करके देवलोक की सीमाओं को असुर-दलों के अतिक्रमण से निरापद कर दिया।

देवराज ने अपने मित्र राजा दुष्यंत के प्रति कृतज्ञता से राजा के आतिथ्य का आयोजन पारिजात तथा कल्पवृक्षों से सुशोभित देवलोक के अति रम्य उद्यान नन्दन-कानन में किया। देवताओं के वैद्य अश्विनी कुमारों ने राजा के दौर्बल्य की चिकित्सा की। राजा के सेवन के लिए कामधेनु के दुग्ध-घृत, कस्तूर-मृगों तथा हिम-कुक्कुटों का मांस, कल्पवृक्ष के फल, देवताओं के प्रिय पेय पीयूष, विनोद के लिए उर्वशी, रम्भा आदि के नृत्य तथा गंधर्वों के संगीत की व्यवस्था की।

देवराज देवसभा में राजा दुष्यंत को अपने आसन पर ही स्थान देते।

देवराज ने दुष्यंत को छः मास तक स्नेह-सत्कार सहित देवलोक में रखा। मेनका अपनी कन्या के प्रतिं दुष्यंत के दुर्व्यवहार से विरक्ति के कारण राजा के सम्मुख तथा समीप न गयी।

राजा दुष्यंत हस्तिनापुर प्रत्यागमन के लिए उत्तुंग हिमाच्छादित प्रदेशों के प्रायः मेघाच्छन्न रहने वाले मार्गों से धरातल की ओर यात्रा कर रहा था। गगनचुम्बी पर्वतों पर संकरे मार्ग रथों के लिए दुर्गम होने के कारण राजा कभी अश्वारोहण से, कभी शिविकारोहण से यात्रा कर रहा था। अक्षय हिम से आवृत्त प्रदेशों की मेघ-मिश्रित ओजस्वी वायु में निरन्तर श्वास लेने से उसका चित्त तथा मस्तिष्क स्वस्थ-शांत हो गये थे। उसके हृदय में धर्म तथा पुण्य की भावनाएं प्रबल थीं। देवों तथा असुरों द्वारा परम्परा से मान्य तपःकीर्ति प्रजापति महर्षि कश्यप का आश्रम, राजा के मार्ग में ही था। देवलोक की ओर अभियान के समय दुष्यंत मार्ग में विलम्ब न करने के विचार से प्रजापति का दर्शन तथा उनका आशीर्वाद न प्राप्त कर सका था।

हस्तिनापुर प्रत्यागमन के समय दुष्यंत ने प्रजापति कश्यप का आश्रम मार्ग के अति निकट जानकर, उनका पुण्य-दर्शन तथा आशीर्वाद प्राप्त करने की उत्कट इच्छा अनुभव की। राजा ने परिकर को साथ ले जाकर आश्रम की शांति में विघ्न डालना उचित न समझा। उसने परिकार को मार्ग में ही ठहर कर प्रतीक्षा का आदेश दिया और विनय के

विचार से अपने शस्त्र, मुकुट तथा राजचिन्ह भी शिविका पर रख दिये। वह प्रजापति के आश्रम की ओर एकाकी गया।

दुष्यंत ने प्रजापति कश्यप के आश्रम के विस्तृत उपवन में पहुँच कर देखा–सम्मुख, दक्षिण तथा वाम में भी अनेक कुटिया थी। राजा दुविधा में था, किस कुटिया की ओर बढ़े! उसे वाम दिशा में नारी कण्ठ से, स्नेह-भर्त्सना के स्वर सुनायी दिये–"आह! न, न वत्स; ऐसा न कर!"

दुष्यंत की दृष्टि स्वर की दिशा में गयी। उसने देखा, हिमप्रदेशों की तपस्विनियों की भाँति ऊनी वस्त्र धारण किये प्रौढ़ा तपस्विनी एक अत्यन्त सुन्दर बालक को बाहु से पकड़े, अपनी ओर खींचती हुई वरज रही थी–"अरे तू बड़ा नटखट हो गया है, ऐसी निर्दयता नहीं करते।"

बालक प्रौढ़ा के हाथ से छूटने का आग्रह कर रहा था–"मोछी छोलो, मैं छोता छिंह लुंआं।"

दुष्यंत के नेत्र विस्मय से अपलक और पग काष्ठवत् स्तम्भित रह गये। उसके विस्मय की सीमा न थी। देवदारु के विशाल वृक्षों की छाया में एक सिंहनी लेटी हुई थी। सिंहनी का शिशु-शावक उसके स्तन से दूध पी रहा था। एक विशेष स्वस्थ, सुन्दर, पुष्ट, लावण्य की आभा से उज्ज्वल गौरवर्ण बालक की एक बांह प्रौढ़ा के हाथ में खिंची हुई थी। बालक अपने दूसरे हाथ से सिंहशावक की पूँछ पकड़ कर उसे माँ के स्तन से खींचने का यत्न कर रहा था। दुष्यंत चमत्कार-दृश्य देखकर मन्त्रमुग्ध की भाँति, बच्चे को दूध पिलाती सिंहनी, प्रौढ़ा और बालक की ओर बढ़ गया। सिंहनी अपरिचित पुरुष को देख, उसकी ओर मुख उठाकर तनिक गुर्रायी।

सिंहनी के गुर्राने से प्रौढ़ा का ध्यान आगन्तुक की ओर गया। प्रौढ़ा ने तुरन्त सिंहनी की भर्त्सना की–"बिटिया, क्यों डरती है! अतिथि है।" और दुष्यन्त की ओर दृष्टि कर बोली, "आर्य, स्वागत है। प्रजापति दक्षिण भाग के कुटीर में ध्यानावस्थित हैं।"

दुष्यंत बालक के नील-कमल से नेत्र, कृष्ण कोमल-काकुल, सुन्दर नासाओष्ठ तथा पुष्पधन्वा के बाल-वपु के समान शरीर को अवाक देख रहा था। प्रौढ़ा ने बालक के दोनों कोमल मांसल बाहु पकड़ लिये थे परन्तु बालक सिंह शावक को पकड़ने के लिए उछल-उछल कर उसके हाथों से छूटने का यत्न कर रहा था–"बोलो-छोलो, छोता सिंह लूँआँ।"

प्रौढ़ा बालक को स्नेहानुनय से समझा रही थी–"वत्स चलो, कुटिया में चलें। तुझे बहुत सुन्दर मयूर दूँगी।" बालक सिंह-शावक को ही लेने का हठ कर रहा था। वह प्रौढ़ा के हाथ से कभी एक बाह छुड़ा लेता कभी दूसरी और सिंह-शावक की पूंछ पकड़ लेता। सिंहनी बालक की ओर मुखकर धीरे से गुर्रा देती।

दुष्यंत बालक के अनुपम सौंदर्य और साहस से चमत्कृत हो इस क्रीड़ा को अपलक देख रहा था। उसने प्रौढ़ा से पूछ लिया–"भद्रे, सिंहनी आश्रम की पोषिता है न?"

"आर्य, पोषिता तो है परन्तु हिंस्र-प्रकृति का क्या विश्वास! निर्दयता से उद्विग्न हो जाय।"

दुष्यन्त ने सराहनापूर्ण विस्मय से कहा–"सत्य है, पोषिता है परन्तु है तो सिंहनी। इस प्यारे बालक का साहस भी तो कम नहीं है!"

तपस्विनी बालक को बाहुओं में वश करती हुई गर्व के स्वर में बोली–"आर्य को इसके साहस पर विस्मय है! इसे तो प्रजापति ने नाम ही सर्वदमन दिया है। इसके साहस से तो आश्रम के पास-पड़ोस के सब जीव त्रस्त हैं और हम इसके साहस से आशंकित रहती हैं।"

दुष्यंत ने बालक को वत्सलता से पुचकार कर कहा–"वत्स, मौसी की बात मानो। ऋषिकुमारी को निर्दयता शोभा नहीं देती।"

प्रौढ़ा ने बालक को अपने बाहुओं में लेने का यत्न करते हुये कहा–"यह ऋषिकुमार कहां; क्षत्रिय पुत्र है न!"

"क्षत्रिय पुत्र?" दुष्यंत ने जिज्ञासा की।

प्रौढ़ा ने बालक को कठिनाई से वश करते हुये उत्तर दिया–"क्षत्रिय पुत्र क्या; यह तो सूर्यवंशी है।"

दुष्यंत प्रौढ़ा की बात सुन, विचार में मौन रह गया।

प्रौढ़ा ने बालक के शरीर को यथा सामर्थ्य बाहुओं में ले, कुटिया की ओर घूमकर पुकारा–"सुव्रते, ओर सुव्रते! तू शीघ्र वह मयूर ले आ। मार्कण्डेय के कुटीर में ताक पर रखा है। वत्से, जल्दी आ। इस नटखट को मैं अकेली वश नहीं कर सकती।"

बालक का शरीर और वय कोमल होने पर भी प्रौढ़ा उसे सिंहनी के समीप से हटा लेने में कठिनाई अनुभव कर रही थी। दुष्यंत बालक के प्रति वात्सल्य के उद्रेक से विह्वल होकर उस पर झुक गया–"भद्रे, इस साहसी क्षत्रिय कुमार को मेरी क्रोड़ में दे।"

"न न! आर्य, इसे स्पर्श न करें!" प्रौढ़ा के आशंका से आपत्ति करते-करते राजा ने बालक को क्रोड़ में उठाकर हृदय से लगा लिया।

प्रौढ़ा के नेत्र और ओष्ठ आशंका और विगय में खुले रह गये।

दुष्यंत ने विनय से जिज्ञासा की–"भद्रे मेरे स्पर्श से बालक के लिये अनिष्ट की आशंका करती हैं?"

प्रौढ़ा ने अपना विस्मय वश करने के लिए उच्छ्वास ले पलक झपके–"नहीं आर्य, आशंका कुमार के लिए नहीं, आर्य के लिए···।"

सर्वदमन अपरिचित की गोद में तनिक भी आशंकित न हुआ। उसे आत्मीय मान उसकी ग्रीवा में बाहु डाल, दूसरा हाथ सिंह-शावक की ओर बढ़ाकर हठ करने लगा–"छोता सिंह दो!"

दुष्यंत ने उसे हृदय से लगाकर प्रौढ़ा से जिज्ञासा की–"मेरे लिए आशंका! देव-शिशु के समान इस क्षत्रिय-पुत्र का स्पर्श कितना संतोष और शांतिदायक है! इसके स्पर्श से भी किसी का अनिष्ट सम्भव है?"

तपस्विनी ने बालक की ग्रीवा में बंधी हुई गुंचा की कण्ठी की ओर संकेत से बताया–"आर्य, वह गुंचा की कण्ठी है न; कण्ठी प्रजापति कश्यप द्वारा अभिमंत्रित है। कुमार को स्पर्श करने वाले अपरिचित व्यक्ति को अथवा इसे अशुभ प्रयोजन से देखने वाले व्यक्ति को यह कण्ठी तुरन्त विषधर सर्प का रूप धारण करके डस लेगी।'

दुष्यंत ने विस्मय से शंका की–"क्या यह सत्य है, ऐसा सम्भव है?"

तपस्विनी ने विश्वास से उत्तर दिया–"आर्य, इसमें सन्देह का क्या अवसर! स्वयं प्रजापति द्वारा अभिमंत्रित कण्ठी है और उनका वचन है।"

दुष्यंत ने शिशु-शरीर के स्पर्श से शान्ति अनुभव कर जिज्ञासा की–"तपस्विनी, अज्ञानी की उत्सुकता को अभद्रता न समझें। कृपया, सूर्यवंश के इस दीपक के सौभाग्यवान पिता का शुभ नाम बतायें।"

तपस्विनी कटाक्ष से अतिथि और बालक के मुखों की ओर देख रही थी। दुष्यंत के प्रश्न से उसने ग्रीवा हिलाकर विरक्ति प्रकट की–"आर्य क्षमा करें, उस सूर्यवंशी का अशुभ नाम हम आश्रमवासी जिह्वा पर नहीं लाते। उस दुष्ट से हमें क्या प्रयोजन।"

दुष्यंत ने अनुमोदन किया–"सत्य है, जिस अभागे के प्रति पुण्यकीर्ति तपस्वियों को ऐसी विरक्ति है, वह निश्चय ही दुष्ट होगा।"

सर्वदमन दुष्यंत के क्रोड़ में मचल कर उसके मुख को दोनों हाथों में ले, हठ से बोला–"छोता सिंह दो न।"

"देंगे पुत्र देंगे।" दुष्यंत ने बालक की पीठ थपक कर कहा और तुरन्त संकोच से तपस्विनी की ओर देखा–"भद्रे, अतिथि की स्पर्धा क्षमा करें। वात्सल्य के अतिरेक में मेरे मुख से पुत्र सम्बोधन निकल गया।"

तपस्विनी बोली–"नहीं आर्य, इसमें स्पर्धा क्या है। यह नटखट है ही ऐसा; मन को वश कर लेने वाला। आर्य ने क्या स्पर्धा की; इसने तो स्वयं ही आर्य की ग्रीवा में बाँह डालकर आर्य को पुरातन-परिचित मान लिया है।"

"सर्वदमन, यह देखो तुम्हारे लिए क्या लायी!"

दुष्यंत ने पुकार सुन कुटिया की ओर देखा, एक युवती तपस्विनी हाथ में थमे मयूर-खिलौने को दिखाती हुई उस ओर चली आ रही थी। युवती तपस्विनी पुनः बोली–"देखो, सर्वदमन देखो, तुम्हारे लिए क्या लायी!"

सर्वदमन का ध्यान सिंह-शावक की ओर ही था। वह तपस्विनी की पुकार न सुन बोला–"छोता छिंह लूंआं।"

तपस्विनी ने पनुः पुकारा–"वत्स देखो, यह शकुन्त!"

सर्वदमन ने तपस्विनी की ओर मुख मोड़ कर पूछ लिया–"अम्मा आयी?"

दुष्यंत ने युवती तपस्विनी की ओर देखकर प्रौढ़ा तपस्विनी से प्रश्न किया–"यही सौभाग्यवती इस सूर्यवंश के दीपक की माता है?"

"नहीं आर्य," प्रौढ़ा तपस्विनी ने उत्तर दिया–"इसकी माता का नाम शकुन्तला है।"

सर्वदमन ने अपना शिशु-बाहु कुटिया की ओर उठाकर पुकार लिया–"अम्मा!"

युवती तपस्विनी बोली–"मैंने तो कहा था शकुन्त-पक्षी देखो, यह माँ का नाम सुनते ही चौंक पड़ता है।

सर्वदमन दुष्यंत के क्रोड़ से उतरने के लिए अपने शरीर को हिलाकर बोला–"अम्मा पाछ जांय।"

"शकुन्तला!" अपने क्रोड़ से मुक्ति के लिये हिलते बालक को बाहुओं में समेटते हुये दुष्यंत के मुख से निकला और उसके नेत्र तथा ओंठ खुले रह गये।

"हां आर्य, शकुन्तला।" तपस्विनी ने अनुमोदन किया।

दुष्यंत कुछ पल अवाक रह, आत्मविस्मृत की भाँति बोला–"शकुन्तला, महर्षि कण्व की पोषिता कन्या शकुन्तला!"

"आर्य का अनुमान सत्य है, महर्षि कण्व की पोषिता कन्या शकुन्तला।" तपस्विनियों ने स्वीकार किया और अतिथि की चकित मुद्रा से विस्मित होकर जिज्ञासा की, "आर्य के विस्मय का कारण?"

दुष्यंत ने 'अम्मा-अम्मा' पुकारते हुये सर्वदमन को आलिंगन में वक्ष पर दबा लिया। उसका कंठ अवरुद्ध और नेत्र सजल हो गये। वह मन के आवेग को वश कर आर्द्र स्वर में बोला–"भद्रे, इस देवोपम बालक का अभागा और दुष्ट पिता तुम्हारे सम्मुख उपस्थित है। भद्रे, यह अभागा ही हस्तिनापुर का राजा, दुष्ट दुष्यंत है।"

तपस्विनियां आगन्तुक को चक्रवर्ती राजा दुष्यंत जानकर पल भर अपलक और स्तम्भित रह गयीं। उनकी मुद्रा गम्भीर हो गई। उन्होंने अभ्यर्थना के संकेत में अंजलि बाँधकर अभिवादन किया–"चक्रवर्ती महाराज की जय हो।"

सुव्रता ने प्रौढ़ा तपस्विनी के समीप होकर धीमे स्वर में कहा–"मैं कुटिया में समाचार दूँ" और वह कुटिया की ओर जाने के लिये घूम गई। प्रौढ़ा तपस्विनी ने सुव्रता को रोकने के लिये उसका वस्त्र पकड़ लिया–"क्षण ठहर।"

प्रौढ़ा तपस्विनी ने राजा के सम्मुख करबद्ध हो, कातर स्वर में प्रार्थना की–"प्रतापी महाराज, निरीह तपोवनवासी अन्नदाता की दया के पात्र हैं। इस बालक की सती माता ने दुर्भाग्यवश अपने धर्मकीर्ति पति की सेवा में शरण के लिए उपस्थित होकर असह्य अपमान और निरादर पाया है। महाराज की उपस्थिति उस सती के लिए पुनः उसी मर्मान्तक वेदना का कारण होगी।"

दुष्यंत ने संकोच तथा विनय से उत्तर दिया–"राजा दुष्यंत ने इस देवोपम बालक की सती माता को न्याय के आश्वासन का वचन दिया था कि राजा उसकी प्रवंचना करने वाले को पाकर उसे दण्ड देगा। राजा सती के सम्मुख उस प्रवंचक को दण्ड पाने के लिये उपस्थित कर रहा है। सती अपने अपराधी को दण्ड दे अथवा अपनी कृपा से उसे क्षमा करे।"

"मुझे पुकारा है वत्स!"

मृदु तथा वत्सल स्वर सुनकर दुष्यंत और प्रौढ़ा के नेत्र कुटिया की ओर घूम गये। एक अन्य श्वेतगव्यधारिणी, तरुण वय परन्तु तप से कृष शरीर, केशों को एक ही वेणी में सम्मुख लटकाये तपस्विनी कुटिया के द्वार से निकल आयी थी। सुव्रता ने तुरन्त द्रुत गति से उस तरुणी की ओर जाकर उसके कान में कुछ कहा। तरुणी के नेत्र पल भर के लिये दुष्यंत की ओर उठे। तरुणी के गौर वर्ण ललाट पर सहसा स्वेद छलक आया। उसका शरीर वायु से प्रताड़ित वेत्रलता की भाँति काँप गया। शकुन्तला को पहचानकर दुष्यंत की भी वैसी ही अवस्था हो गयी।

शकुन्तला नेत्र मूंद पृथ्वी पर बैठ गयी। उसने दुष्यंत की दिशा में अपना मस्तक पृथ्वी पर रख कर प्रणाम किया और उठकर डगमगाते हुये पगों से कुटिया में लौट चली। सुव्रता ने तुरन्त आगे बढ़कर शकुन्तला को सहारा दिया और उसे कुटिया के भीतर ले गयी।

सर्वदमन दुष्यंत की गोद से छूट कर कुटिया में दौड़ गया।

प्रौढ़ा ने दुष्यंत को सम्बोधन किया—"महाराज ने देखा! सती शकुन्तला ने पति को सम्मुख देखकर धर्म के विचार से प्रणाम तो कर लिया है परन्तु पति से पाये अपमान और अन्याय की स्मृति से वह अन्नदाता के समीप नहीं आ सकी। कृपासिंधु, दुखिता सती के प्रति करुणा से, उसकी उपस्थिति के लिए आग्रह न करें।"

दुष्यंत ने करबद्ध हो आर्द्र स्वर में अनुरोध किया—"माता, अपराधी की ओर से सती के सम्मुख निवेदन करें कि अपराधी पश्चात्ताप से सन्तप्त होकर सती से दण्ड अथवा क्षमा-याचना के प्रयोजन से उपस्थित हुआ है।"

प्रौढ़ा ने विवशता प्रकट की—"जैसी महाराज की इच्छा।"

प्रौढ़ा तपस्विनी दुष्यंत का सन्देश शकुन्तला को देने के लिये कुटिया में चली गयी। तपस्विनी को शकुन्तला का उत्तर लाने में कुछ क्षण लगे। वह समय दुष्यंत को पूरे पहर के समान दीर्घ जान पड़ा। विलम्ब अनुभव कर उसका मन निराश और अधीर होने लगा—क्या मेरी छलना के असह्य पीड़ा पाने वाली, सार्वभौम विजेता के शुभ लक्षणों से अलंकृत दिव्य बालक की सती माता, मेरे कुकृत्य को अक्षम्य मानकर, मेरे प्रति रोष और घृणा के कारण मुझे दर्शन द्वारा क्षमा-याचना का भी अवसर नहीं देगी!

प्रौढ़ा तपस्विनी ने लौट कर दुष्यंत को उत्तर दिया—"महाराज, मेरा अनुमान और निवेदन सत्य था। अन्नदाता के आगमन से उस सती के दुख का दबा हुआ स्रोत पुनः फूट पड़ा है। उसके सदा शान्त और क्षमाशील विशाल नेत्र, अविरल अश्रु वर्षा कर रहे हैं। उसने क्रन्दन से अस्फुट स्वर में कठिनता से उत्तर दिया है। पाणिग्रहण के पश्चात् सहवास से कुछ ही मास अनन्तर पति के चरणों में उपस्थित होने पर वह पहचानी न जाकर निरादर से बहिष्कृत कर दी गयी थी। वह आघात उस सती ने अपने पति के गर्भस्थित अंश की रक्षा के विचार से सह लिया था। तीन वर्ष व्यतीत हो जाने पर महाराज उसे कैसे पहचानेंगे! महाराज अपनी परित्यक्ता पत्नी को जो भी दंड अथवा आदेश देना चाहें, संदेश द्वारा दे दें। वह अधिक निरादर का दुख न सह सकेगी।"

प्रौढ़ा से शकुन्तला का उत्तर सुन दुष्यंत के नेत्र सजल हो गये। उसका अपराधी हृदय क्षमायाचनार्थ शकुन्तला के समीप पहुँचने के लिए विकल हो रहा था परन्तु सोच न पा रहा था कि प्रौढ़ा के द्वारा क्या संदेश भेजे! अनेक पल विचार कर प्रौढ़ा से अनुरोध किया—"भद्रे, इस अभागे की ओर से सती देवी के सम्मुख निवेदन करें, यदि देवी पश्चात्ताप संतप्त अपने पति को आदेश का अवसर देती हैं तो उसके पति का एक मात्र आदेश अथवा प्रार्थना है कि सती अपराधी को, अपने सम्मुख पश्चात्ताप प्रकट करके क्षमा-याचना का अवसर दें अथवा अभागे अपराधी के लिये जो दण्ड उचित समझें, उसका आदेश करें।"

दुष्यंत ने प्रौढ़ा तपस्विनी को ठिठकते देखकर अपनी अनामिका से मुद्रा उतारकर तपस्विनी की ओर बढ़ा दी और पुनः अनुरोध किया—"दयामयी भद्रे, यदि सती देवी अपने पश्चात्ताप-संतप्त पति की, दर्शन तथा क्षमा के लिये प्रार्थना अस्वीकार करें तो अपनी वस्तु, इस मुद्रा को पुनः स्वीकार करें। अभागा पति, देवी के दर्शन देने की अनिच्छा का अभिप्राय अपने अपराधी शरीर को समाप्त कर देने का आदेश समझ लेगा।"

प्रौढ़ा तपस्विनी विवशता में ग्रीवा झुकाकर बोली–"महाराज का जो आदेश।" वह दुष्यंत के हाथ से मुद्रा लेकर पुनः कुटिया में चली गयी।

दुष्यंत उत्तर की प्रतीक्षा में कुटिया के संम्मुख खड़ा था। प्रतीक्षा के क्षण उसे दीर्घ प्रहरी के समान जान पड़ रहे थे।

शकुन्तला कुटिया के द्वार से प्रकट हुई। प्रौढ़ा तपस्विनी और सुव्रता उसे बाहुओं से सहारा दिये हुये थीं। द्वार से शकुन्तला के दो पग बढ़ते ही दुष्यंत द्रुत पगों से उसकी ओर बढ़ा और शकुन्तला के चरण स्पर्श के लिए झुककर बोला…"सती देवी अपने दुष्ट छली पति का अपराध क्षमा करें।

…"सती देवी अपने दुष्ट छली पति का अपराध क्षमा करें।"

शकुन्तला दुष्यंत को अपने पदों की ओर झुकते देखकर आतंक से भूमि पर बैठ गयी। उसने पांव पीछे कर लेने के लिए जानु पृथ्वी पर दिये और जानुओं पर मस्तक झुका दिया, बोली–"स्वामी दया करें! परित्यक्ता दुखिया को पातक न लगायें! उसे अन्य सब कुछ स्वीकार है।"

दुष्यंत ने अपराध की आत्मग्लानि के भाव से, शकुन्तला के सम्मुख मस्तक से भूमि स्पर्श कर निवेदन किया–"हे सती देवी, तुम्हारे दुष्ट पति से मोह और अज्ञान में जो भी अपराध हुआ उसके लिए वह निरन्तर पश्चात्ताप से व्यथित तथा व्याकुल रहा है, उसका अपराधी हृदय निरन्तर परिताप में जलता रहा है। उसने अपने दुष्कर्म का पर्याप्त दण्ड पाया है। उसका अपराध क्षमा हो। देवी, अपने पति को स्वीकार करके उसकी, उसके वंश की तथा उसके राज्य की रक्षा करो। देवी, आर्यावर्त्त का दिगंत-विस्तृत राज्य तुम्हारी कृपा का याचक है।"

शकुन्तला ने नेत्रों से अश्रु पोंछ रुद्ध कंठ से उत्तर दिया–"महाराज, इस तपोवन-तासिनी को तो राज्य और राज्यप्रासाद की महत्त्वाकांक्षा कभी भी नहीं थी। दासी तो महाराज द्वारा परिणीता होने पर पति सेवा के लिए ही राजप्रासाद में स्वयं उपस्थित हुई थी। यह वन के ही योग्य होने के कारण राजप्रासाद में पहचानी न जाकर तिरस्कृत हुई।"

शकुन्तला ने राजा की मुद्रा अंजलि में उसकी ओर बढ़ा दी।" महाराज इस राजचिन्ह को अपने ही पास रखें। महाराज ने दासी को अपना मन देकर लौटा लिया तो महाराज के प्रेम का यह चिन्ह भी, दासी को अपने अयोग्य मानकर महाराज के पास लौट गया। यह दासी महाराज के मन का तथा महाराज के मन के अनुयायी इस चिन्ह का क्या विश्वास करे?"

दुष्यंत ने लज्जा से उत्तर दिया–"सती देवी, अपराधी पति को क्षमा दान के संकेत स्वरूप इस चिन्ह को पुनः स्वीकार करें। यह मुद्रा तथा इस सेवक का मन भी निरन्तर देवी के कर में रहेगा। जैसे असावधानी में देवी के हाथ से यह मुद्रा जल में गिर गयी थी, वैसे ही असावधानी में इस सेवक का मन भी प्रसाद और अज्ञान में डूब गया था। देवी के सत्य और तप के बल से वह मुद्रा पुनः प्रकट हुई। इसने देवी के प्रमत्त पति के प्रमाद को दूर कर दिया। सेवक इस मुद्रा के प्रति कृतज्ञ है।"

शकुन्तला ने दीर्घ निश्वास लिया–"महाराज, इस दासी से तो यह मुद्रा ही अधिक भाग्यवान है। इसके पुनः महाराज के सम्मुख आने पर पहचानी जाने में भूल नहीं हुई। यह दासी किस योग्य है! इस मुद्रा के अभाव में दासी पुनः न पहचानी जाना कैसे सह

सकेगी! दासी तथा उसका पुत्र वनवास के ही योग्य है। महाराज, इसे पुत्र सहित आश्रमवास की ही अनुमति दें। पतिव्रता दासी आश्रम में रहकर ही अपने धर्म और निष्ठा से पति की मंगल-कामना करती रहेगी।''

दुष्यंत ने हाथ शकुन्तला के जानुओं की ओर बढ़ाकर कातर स्वर में अनुनय की–''सती देवी, अपराधी सेवक अपने सम्पूर्ण प्रमाद के लिए पश्चात्ताप और ग्लानि से पीड़ित है। सेवक को अपराध के लिए दण्ड दें, उसे अधिक लज्जित न करें। वह प्रायश्चित्त के लिए प्रस्तुत है।''

शकुन्ला ने सिर झुका लिया–''महाराज, पतिव्रता दासी तो सभी प्रकार पति की अनुगत है। वह पति के दोष को देखती नहीं, सुनना नहीं चाहती।''

दुष्यंत ने अनुरोध किया–''सेवक की प्रार्थना है, देवी अपने युवराज पुत्र सहित हस्तिनापुर की यात्रा का आयोजन करें। देवी के संकेत से उपवन के समीप मार्ग पर खड़ी शिविका प्रस्तुत हो सकेगी। सेवक का प्रण है–वह देवी को साथ लिये बिना, अकेला हस्तिनापुर में प्रवेश न करेगा।''

शकुन्तला करबद्ध हो विह्वल स्वर में बोली,–''महाराज स्वामी हैं। महाराज दासी पर दया कर, ऐसे आदेश से दासी को धर्म संकट में न डालें। यह अभागी, तात कण्व के आश्रम में उनके उपदेश तथा अनुमति के आधीन थे, इस आश्रम में तात कश्यप इस अभागी के पिता-स्थान तथा अभिभावक हैं। इस अवस्था में प्रजापति का आदेश तथा अनुमति ही दासी के लिए धर्म है।''

दुष्यंत ने प्रौढ़ा और सुव्रता की ओर देखकर निवेदन किया–''भद्रे ऋषियों और ज्ञानियों का यह सेवक पुण्यकीर्ति प्रजापति के पुण्य-दर्शन की कामना से ही इस दिशा में आया था। सेवक को कामना-पूर्ति का अवसर दें।''

सुव्रता ने कहा–''महाराज क्षण भर प्रतीक्षा करें, प्रजापति से अनुमति लेकर आऊं!''

सर्वदमन सुव्रता के जानु से लिपटा हुआ था और अतिथि के विचित्र व्यवहार को विस्मय से देख रहा था। वह अपनी मां के आंसू बहते देखकर स्तब्ध और विस्मित था। सुव्रता प्रजापति की कुटिया की ओर चली तो वह उसका जानु छोड़ शकुन्तला से जा लिपटा और अपना मुख माता के मुख के समीप करके बोला–''अम्मा, लो लई हो?''

दुष्यंत ने बालक को स्नेह से क्रोड़ में लेकर उसे उत्तर दिया–''युवराज, तुम्हारी सती माता तुम्हारे दुष्ट पिता के अपराध से दुखी है। पुत्र, माता की ओर से इस अपराधी को दण्ड दो अथवा माता से प्रार्थना करो, तुम्हारे दुष्ट पिता का अपराध क्षमा कर दें।''

शकुन्तला ने दोनों हाथ अपने कानों पर रखकर राजा से विनय की–''स्वामी, इस अभागी को ऐसे शब्द न सुनायें। यह अभागी बहुत सह चुकी है। पति निन्दा सुनने के पाप का फल जाने क्या पायेगी।''

सुव्रता ने शीघ्र ही लौटकर सन्देश दिया–''महाराज तथा शकुन्तला भी प्रजापति के सम्मुख उपस्थित हों।''

दुष्यंत ने प्रजापति कश्यप के सम्मुख भूस्पर्श से प्रणाम किया।

प्रजापति ने राजा को सफल-मनोरथ होने का आशीर्वाद देकर, उससे सुदूरवर्ती हस्तिनापुर से आश्रम में पधारने के प्रयोजन की जिज्ञासा की।

दुष्यंत ने प्रजापति के सम्मुख करबद्ध और नत-मस्तक हो निवेदन किया–"साक्षात ब्रह्म के अंश, देवों तथा असुरों के विधायक तपःकीर्ति प्रजापति के दर्शन के संकल्प मात्र से ही सेवक ने अपना सबसे प्रिय मनोरथ पाया है। सेवक चिरकाल से अपनी सती पत्नी और पुत्र के वियोग से सन्तप्त था। आश्रम में प्रवेश करते ही उनसे साक्षात्कार हुआ। प्रजापति से प्रार्थना है, तपस्वियों तथा ज्ञानियों का यह दास अपने पुत्र तथा उसकी सती माता को, उनके प्रासाद में ले जा सकने की अनुमति प्राप्त करे।"

प्रजापति ने कुछ पल विचार कर उत्तर दिया–"आयुष्मान स्मृतिविद् तथा नीतिज्ञ हैं। बेटी शकुन्तला ने अपनी माता अप्सरा मेनका के अनुरोध तथा अपने पोषक महर्षि कण्व की अनुमति से इस आश्रम में आश्रय पाया है। बेटी के अभिभावकों की अनुमति से ही उसका इस आश्रम से गमन उचित होगा।"

दुष्यंत ने विनय से निवेदन किया–"दयासागर, महाप्रजापति देशकाल के विचार से नीतिसम्मत व्यवहार की अनुमति दें। कलाकीर्ति अप्सरा मेनका तथा महर्षि कण्व के निवास-स्थान इस तपोवन से दीर्घकाल तथा कष्ट-साध्य यात्राओं की दूरी पर हैं। उनकी अनुमति प्राप्ति के लिए दीर्घकाल प्रतीक्षा की अपेक्षा होगी। नीति-निर्णायक प्रजापति स्थिति के विचार से इस सेवक की पत्नी पर पति के नीतिविहित अधिकार को भी मान्यता देनें की कृपा करें।"

प्रजापति के श्मश्रु मुस्कान से थिरक गये–"आयुष्मान, पति-पत्नी का सम्बन्ध तथा तत्सम्बन्धी अधिकार स्वत्व से नहीं, पारस्परिक प्रेम से तथा अनुरागजन्य अनुमति से होते हैं। नर-नारी के प्रेम में प्राकृतिक न्याय यही है। पति अनुराग से रक्षा तथा आश्रय देकर अधिकार प्राप्त करता है, स्वत्व से नहीं। निर्दयता, निरादर तथा स्वत्व का अहंकार प्रेम के नहीं विरोध के भाव हैं। ऐसे भाव और व्यवहार प्रेम-भावना तथा पति-पत्नी सम्बन्ध को समाप्त कर देते हैं। पुरुष पत्नी के प्रति निर्दयता से स्वत्व का व्यवहार करने पर प्रेमी और पति नहीं रहता, शत्रु और अपराधी बन जाता है।"

दुष्यंत ने संकोच से नत-ग्रीवा होकर विनय की–"हे क्षमासागर प्रजापति, मेरे पुत्र की सती माता ने मेरा अपराध क्षमा किया है।"

प्रजापति कृपाभाव से मुस्कराये–"नारी प्रकृति से पृथ्वी के समान सहिष्णु, करुण तथा क्षमाशील है। वह क्षमायाचक को क्षमा कर देगी। नारी क्षमादान दे तो भी उसे स्वेच्छा के अनुसरण का अवसर देना उचित है।"

दुष्यंत ने पुनः विनय की–"सेवक ने क्षमासागर से मनोरथपूर्ति का आशीर्वाद पाया है।"

प्रजापति ने उत्तर दिया–"आयुष्मान, मनोरथपूर्ति की कामना उचित है परन्तु सज्जन को अन्य जन के मनोरथ का भी आदर करना उचित है! अन्य के दमन अथवा अन्य को विवश करने का मनोरथ पाप है। नीति और न्याय की दृष्टि से बेटी शकुन्तला की इच्छा और संतोष का भी उतना ही महत्व है, जितना आयुष्मान के मनोरथ का।"

"प्रजापति का वचन सत्य है" दुष्यंत ने कश्यप के वचन का अनुमोदन कर ग्रीवा झुकाये शकुन्तला की ओर संकेत किया–"कृपासागर, सेवक के पुत्र की सती माता क्षमापूर्ण दयाभाव से सेवक का अनुरोध स्वीकार करती है। सेवक तथा उसके पुत्र की माता हस्तिनापुर गमन के लिये कृपासिन्धु की अनुमति के प्रार्थी हैं।"

प्रजापति ने शकुन्तला की ओर देखा–"बेटी, आयुष्मान का वचन सत्य है?"

शकुन्तला ने लाज से ग्रीवा झुकाकर अनुमति प्रकट की।

प्रजापति ने शकुन्तला को आशीर्वाद दिया–"आयुष्मती अपनी भावना को निर्बाध सफल करो।"

प्रजापति कश्यप के आश्रम में तपस्वी और तपस्विनियां शकुन्तला को विदा देने के आयोजन करने लगे। सुव्रता और मार्कण्डेय सर्वदमन के खिलौने समेटने लगे। तप से स्थिर चित्त तपस्वी और तपस्विनियों के मन शकुन्तला और सर्वदमन की विदाई के विचार से अधीर हो रहे थे। वे सर्वदमन को एक-दूसरे की गोद से ले-लेकर, अनेक आलिंगनों में हृदय पर लगाकर आशीर्बाद देकर भी संतुष्ट न हो पाते थे।

सानुमती ने प्रजापति के आश्रम की घटना का पूर्ण समाचार स्वामिनी को देकर निवेदन किया–"तुम्हारी पुत्री पति के पश्चात्ताप से द्रवित हो, उसका आश्वासन स्वीकार कर हस्तिनापुर की यात्रा के लिए उद्यत हो रही है।"

"हैं!" मेनका अप्रत्याशित समाचार के आघात से विस्मित होकर, बोली, "इसी क्षण कश्यप के आश्रम जाऊँगी। देवराज से अनुमति ले लूँ। तुम वरुण से तुरन्त यान के लिये अनुरोध करो!"

उत्तुंग हिमाद्रि में स्थित प्रजापति कश्यप के आश्रम के ऊपर आकाश, हिमावृत्त श्रृंगों से आते वायु के कारण, सघन कुहासे से आच्छादित था। शकुन्तला गुरुजन का आशीर्वाद प्राप्त कर कुटिया के द्वार से निकल रही थी। उस समय आकाश में भरे घने कुहासे को बेधता हुआ एक प्रकाश-पुंज उल्का की भाँति कुटिया के द्वार के सम्मुख अवतरित हुआ।

आश्रमवासियों तथा शकुन्ला के नेत्र प्रकाश-पुंज की कौंध से चकाचौंध हो गये थे। उस प्रकाशमान यान से एक दिव्य नारी रूप प्रकट हुआ।

शकुन्तला ने अप्सरा माता को पहचान, उसके सम्मुख भूस्पर्श से वन्दना की।

मेनका ने पुत्री से जिज्ञासा की–"तू कहां जा रही है?"

शकुन्तला ने करबद्ध हो निवेदन किया–"माता, पति का आदेश है।"

मेनका ने खिन्न स्वर में प्रश्न किया–"पति? उसका छल-प्रपंच पहचान कर, उससे पशुवत निरादर पाकर भी उसे पति कहती है! तुझे अपनी वासना पूर्ति तथा सम्पत्ति के लिए औरस उत्तराधिकारी प्राप्त करने का साधनमात्र मानने वाले को पति कहती है! तूने उसकी प्रकृति और स्वभाव नहीं पहचाने?"

शकुन्तला ने हाथ कानों पर रखकर प्रार्थना की–"माता, पति निन्दा सुनने के पातक से अपनी पुत्री की रक्षा करो! मैं धर्म निबाह रही हूँ।"

मेनका ने प्रश्न किया–"धर्म! क्या आत्मरक्षा तथा आत्मसम्मान धर्म नहीं है?"

शकुन्तला ने विनय की–"माता, पृथ्वी पर नारी का एकमात्र धर्म पातिव्रत है।"

मेनका सरोष बोली–"नारी का धर्म पातिव्रत ही है। आत्मरक्षा, आत्म-निर्भरता, आत्मसम्मान मानव धर्म है, वे नारी के धर्म नहीं हैं?"

शकुन्तला ने सविनय मस्तक झुकाकर उत्तर दिया–"माता, मानव आत्मनिर्भरता से ही आत्मसम्मान पाता है। ज्ञानी पतिव्रता में आत्मनिर्भरता का भाव अहंकार का दोष मानते

हैं। पति-निर्भर पतिव्रता का पति से पृथक आत्म अथवा आत्म-सम्मान क्या? तुम्हारी पुत्री ने जन्म से आर्य-कन्या की भाँति पातिव्रत की, पति के आत्मसमर्पण के धर्म की शिक्षा पायी है, आत्मनिर्भरता के धर्म की नहीं। वह आत्मनिर्भर अप्सरा की भाँति आत्मसम्मान की इच्छा नहीं करती, पातिव्रत धर्म निबाहती है।"

मेनका ने वक्र भृकुटी से प्रश्न किया–"व्रत तथा धर्म का प्रयोजन आत्मोत्थान है अथवा आत्महनन?"

शकुन्तला ने उत्तर दिया–"माता पतिव्रता आत्म का नहीं पति का ध्यान करती है।"

मेनका के नेत्र आरक्त हो गये–"आत्म से अथवा अपने व्यक्तित्व से हीन नारी मानव रहेगी?"

शकुन्तला ने मस्तक झुका लिया–"माता पतिव्रता नारी व्यक्ति अथवा मानव नहीं, पतिव्रता मात्र होती है।"

मेनका ने सरोष तर्जनी उठायी–"शाप देती हूँ… एवमस्तु!"

असंतुष्ट मेनका तेजोमय यान में पुनः आकाश की ओर उठ गयी।

शकुन्तला ने संतोष से गम्भीर मुख आकाश की ओर उठाया–"माता, नारी तुम्हारे वरदान से आत्महनन के तप द्वारा ही पातिव्रत को निभा सकेगी।"

शकुन्तला विस्मय-स्तब्ध सर्वदमन को गोद में लेकर दुष्यंत के पीछे चल दी।

प्रजापति के आश्रम के तपस्वी तथा तपस्विनियां सम्भ्रम में चकित, अवाक तथा अपलक शकुन्तला की ओर देखते रह गये। उनके कानों में मेनका के शब्द गूँज रहे थे–

"व्रत तथा धर्म का प्रयोजन आत्मोत्थान है अथवा आत्महनन!"

●